LE CHÂTIMENT DE SHU-TORUN
Chapitre II

La Princesse Leia, Luke Skywalker, Han Solo et une équipe de choc ont atterri sur Shu-Torun avec un plan dangereux pour renverser la Reine Trios une fois pour toutes.

Après avoir infiltré les chambres abyssales pour scanner l'œil de la reine avec l'aide du métamorphe Tunga, l'équipe de Leia a verrouillé toute la planète.

À présent, l'équipe de Luke est libre de neutraliser la Pointe, la seule structure qui maintient la stabilité de la planète volcanique. Mais l'heure tourne et le plan risqué de Leia pourrait être démasqué et contrecarré à tout moment....

SEIGNEUR, SEIGNEUR, SEIGNEUR...
JE TE L'AI DIT, RESTE CALME, C-3PO.
CALME !
Les chambres abyssales. Shu-Torun.
L'EMPRESSEMENT ATTIRERA L'ATTENTION ! MARCHE COMME UN ROI. IL FAUT QUE TU SUINTES LES PRIVILÈGES ET LE POUVOIR.
SUINTE, MON CHER DROÏDE. SUINTE !
JE CROIS QUE JE SUINTE LE LUBRIFIANT PAR TOUTES LES JOINTURES, MONSIEUR.
NOUS POURRIONS ÊTRE DÉCOUVERTS À TOUT INSTANT !
ET FINALEMENT, NON ! LE SCAN DE L'ŒIL ÉTAIT-IL ACCEPTABLE ? SI OUI, POUVONS-NOUS FICHER LE CAMP D'ICI, HMM ?
L'IMAGE EST BONNE. J'AI PIRATÉ LA SÉCURITÉ DE L'AMARRAGE. À MOINS DE VÉRIFIER MANUELLEMENT, ILS PENSERONT QUE NOUS SOMMES TOUJOURS LÀ.
ÇA DEVRAIT NOUS DONNER LE TEMPS DE... JE NE SAIS PAS... PARTIR D'ICI !
NE VOUS EN FAITES PAS, MEORTI. NOUS PARTONS.
TUNGA, REPRENDS TA FORME NORMALE. IL FAUT QUE TU SOIS PRÊT POUR LA RETRAITE.
ET LA SITUATION EST DÉJÀ ASSEZ BIZARRE SANS DEUX CLONES DE VIEUX BARONS DÉCRÉPITS...

STAR WARS
LE CHATIMENT DE SHU-TORUN (III)
The Scourging of Shu-Torun, part III
Star Wars (2015) 64 - juin 2019

STAR WARS
LE CHATIMENT DE SHU-TORUN (IV)
The Scourging of Shu-Torun, part IV
Star Wars (2015) 65 - juillet 2019

DOCTEUR APHRA
LES PIRES DU PIRE (III)
Worst Among Equals, part III
Doctor Aphra (2016) 28 - mars 2019

DOCTEUR APHRA
LES PIRES DU PIRE (IV)
Worst Among Equals, part IV
Doctor Aphra (2016) 29 - avril 2019

DARK VADOR
INTOLÉRABLE
Unacceptable
Vader – Dark Visions (2019) 2 - mai 2019

QUE LA FORCE SOIT AVEC VOUS

par **Aurélien Vives**

Bienvenue dans ce deuxième numéro de votre softcover *STAR WARS*. Nous retrouvons un sommaire identique au précédent, avec deux épisodes de *Star Wars*, deux de *Docteur Aphra* et un de *Vador - Sombres visions*. Notons que **Kieron Gillen** est dans la dernière ligne droite de sa prestation sur la série *Star Wars*, et plus généralement dans l'univers de notre galaxie lointaine préférée. Nous consacrerons une bonne partie du prochain softcover à une rétrospective de son œuvre – débutée avec *Dark Vador* 1, en février 2015. Pour les deux épisodes se déroulant sur Shu-Torun, il est de nouveau accompagné par le dessinateur **Angel Unzueta** (que vous avez pu apprécier également sur *Poe Dameron*). Dans *Docteur Aphra*, on retrouve le duo formé par **Si Spurrier** et **Emilio Laiso**. Ils poursuivent le jeu du loth-chat et du rat womp entre l'archéologue **Chelli Aphra** et son ancien droïde **Triple Zéro**. Les deux ennemis sont forcés de collaborer à cause du plan machiavélique tendu par le sadique docteur **Cornelius Evazan**. La saga *Les pires du pire* trouvera également sa conclusion dès le mois prochain. Enfin, le cinquième épisode du mensuel est consacré à la mini-série anthologique de **Dennis Hallum** sur **Dark Vador**. Dans chaque numéro, nous retrouvons une intrigue différente, illustrée par un dessinateur différent (ici, l'Américain **Brian Level** dont nous vous parlons plus longuement ci-contre dans la rubrique *Le Sénat Galactique*). Le titre *Vador - Sombres visions* traite de l'influence qu'a le Seigneur Noir des Sith sur les personnes qu'il rencontre. Le mois dernier, il était pris pour un héros par un enfant alors qu'ici, nous allons voir qu'il n'a pas vraiment la même aura auprès des gradés de l'Empire Galactique…

STAR WARS
TIE FIGHTER
REJOIGNEZ L'EMPIRE ET DÉCOUVREZ
LES AVENTURES DE L'ESCADRE DE L'OMBRE
SAGA COMPLÈTE
JODY HOUSER • ROGÊ ANTÔNIO
STAR WARS
TIE FIGHTER
100% STAR WARS : TIE FIGHTER
Par Jody Houser et Rogê Antônio
Le 5 février
Disney · LUCASFILM
© & TM 2020 LUCASFILM LTD.
PANINI COMICS
www.paninicomics.fr

NE VOUS EN FAITES PAS, MAÎTRESSE MEORTI, D'APRÈS MON EXPÉRIENCE, LES CHOSES SE PASSENT "BIEN". D'HABITUDE, LA SITUATION EST BIEN PLUS... TENDUE.
CE N'EST PAS VRAI !
BON... NOUS AVONS LES DONNÉES BIOMÉTRIQUES DE TRIOS. NOUS AVONS DÉJÀ LES CODES POUR LES SYSTÈMES DE SHU-TORUN. ENTRE LES DEUX, NOUS POUVONS PRENDRE LE CONTRÔLE D'ABSOLUMENT TOUT. EN ROUTE, HAN.
AVEC PLAISIR, PRINCESSE.
CET ENGIN EST TRÈS ÉTRANGE À PILOTER...
"ÉTRANGE" ? QUELQUE CHOSE NE VA PAS ?
ÉVIDEMMENT !
C'EST UNE MACHINE DE FORAGE. ELLE EST CONÇUE POUR ÊTRE SUBMERSIBLE, MAIS SURTOUT DANS LA LAVE.
ET EN PLUS, ELLE VOLE !
JE N'AI JAMAIS RIEN VU DE PAREIL.

ELLE VOUS PLAÎT ?
CE N'EST PAS LE MOT QUE J'AU-RAIS UTILISÉ. DISONS QUE J'Y PRENDS GOÛT, MAIS...
EN TOUT CAS, LEIA...
ON NE S'ENNUIE JAMAIS AVEC VOUS.
PROCHAIN ARRÊT : LA RETRAITE IM-PÉRIALE...
LUKE, NOUS AVONS TOUT CE QU'IL NOUS FAUT POUR LE PIRATAGE. VOUS ÊTES PRÊTS À DONNER L'AS-SAUT SUR LA ***POINTE*** ET DÉCLENCHER LES EX-PLOSIFS QUAND NOUS AURONS PRIS LE CONTRÔLE ?

ON DÉCOLLE JUSTE.
NOUS ATTENDRONS VOTRE SIGNAL...
BENTHIC, PRÉPARE LE RESTE DES PARTISANS POUR LE DÉPLOIEMENT. ON IRA VITE.
GGGHHHHHHHHHHHH!
PRENEZ SOIN DU FAUCON. NE LAISSEZ PAS CES FANATIQUES FAIRE DES BÊTISES AVEC...
GHGGJHH!
COMMENT ÇA, BENTHIC EST ICI? MAINTENANT, IL VA... IL EST TOUJOURS LÀ?
BENTHIC! JE PLAISANTAIS! JE PLAISANTAIS!
DÉTENDS-TOI! LE PLUS GRAND DANGER POUR LE FAUCON...
... C'EST QUE VOUS N'ARRIVEZ PAS À COUPER LE BOUCLIER À TEMPS...

OH, GÉNIAL. ALORS, UNE PETITE ÉQUIPE D'IMBÉCILES A MON BEAU VAISSEAU ENTRE LES MAINS.
PENDANT CE TEMPS, JE SUIS COINCÉ AVEC UNE INGÉNIEURE NERVEUSE, UN ACTEUR PRÉTENTIEUX, UN DROÏDE STRESSÉ ET UNE PRINCESSE COINCÉE...
ASSEZ, HAN. ON DIRAIT QUE LES PRISONNIERS SONT RÉVEILLÉS. IL FAUT LES DÉPOSER QUELQUE PART.
TROUVEZ UN ENDROIT SÛR ET *ISOLÉ*...
C'EST SCANDALEUX. VOUS NE POUVEZ PAS NOUS LAISSER ICI !
ET SURTOUT PAS EN SOUS-VÊTEMENTS, MALOTRUS !
LOIN DE MOI CETTE IDÉE ! OUI, NOUS ESSAYONS DE RAVAGER UNE CIVILISATION... MAIS NOUS RESTONS CIVILISÉS.
DEPUIS COMBIEN DE TEMPS TU ATTENDS DE SORTIR CETTE PHRASE ?
DEPUIS LE BRIEFING, BIEN SÛR, HAN. IL FAUT SAVOIR APPRENDRE SES RÉPLIQUES.
ALLEZ, NE RESTEZ PAS PLANTÉS LÀ. AIDE-MOI À ME PRÉPARER...

OH, C'EST MERVEILLEUX.
CELA VOUS VA ?
ÉVIDEMMENT. JE SUIS UN MÉTAMORPHE.
ÇA NE REND PAS LES CORSETS DE SHUTORUN PLUS AGRÉABLES. ÊTRE AUX COMMANDES D'UNE ARMÉE, D'UNE FLOTTE ENTIÈRE, ÊTRE UNE SOMPTUEUSE ANTAGONISTE, ET PORTER QUAND MÊME UN CORSET ! QUEL MONDE !
TU SERAS TRÈS BIEN.
OH, SOLO. JE SUIS TUNGA ARPAGION. JE NE ME CONTENTERAI PAS D'ÊTRE "TRÈS BIEN".
JE JOUERAI LA REINE DE SHUTORUN !
JE SERAI DIVINE.

TU AS INTÉRÊT À TE PRÉPARER, TUNGY...

... ON APPROCHE DE LA RETRAITE IMPÉRIALE.

ILS ONT ACCEPTÉ LES CODES D'AUTO-RISATION ?
EST-CE QU'ON S'EST FAIT TIRER DESSUS ?
FAITES LA DÉDUCTION, PRINCESSE. ON ATTERRIT...

VOTRE MAJESTÉ ! ON NE S'ATTENDAIT PAS À VOUS REVOIR SI TÔT.
CERTES... MAIS COMMENT POURRIEZ-VOUS ANTICIPER UNE TELLE MAGNIFICENCE ?
SI SEULEMENT IL POUVAIT ARRÊTER D'EN FAIRE DES TONNES.
ET D'ÊTRE AUSSI SPLENDIDE DANS CETTE ROBE.
C'EST VRAI QU'IL EN JETTE.

JE NE PEUX QUE VOUS OFFRIR NOS PLUS HUMBLES EXCUSES POUR CE MANQUE DE PRÉPARATION. NOUS N'AVIONS PAS ÉTÉ INFORMÉS QUE VOUS ARRIVERIEZ SI TÔT.
NON, EN EFFET. AH, LES PLAISIRS DE SERVIR UN MONARQUE ABSOLU ET DE SATISFAIRE SES MOINDRES CAPRICES.
BIEN, J'AI UN DÉCRET ROYAL SUR LE FEU. JE VEUX INSPECTER TOUT LE PERSONNEL.
Y COMPRIS LES GARDES.
LES GARDES ?
SURTOUT LES GARDES. JE VEUX M'ASSURER QU'ILS SONT TOUS BIEN CHARPENTÉS. RASSEMBLEZ TOUT LE MONDE DANS... UNE DES SALLES À MANGER ?
ASSUREZ-VOUS DE LAISSER LES ARMES AUPRÈS DE CES SERVIABLES DROÏDES. JE VEUX LES INSPECTER ÉGALEMENT. PAS DE QUESTIONS !
JE PIQUE UNE CRISE ROYALE ET J'EXIGE D'ÊTRE SATISFAITE !
NOUS SOMMES TOUS ICI, VOTRE MAJESTÉ.
QUE DEVONS-NOUS FAIRE ?

HM, RESTER LÀ ?
LE PERSONNEL EST CONFINÉ.
VOUS POUVEZ APPLAUDIR.
SSSHHHK
J'ATTENDS !
C'ÉTAIT DU BON TRAVAIL. RETROUVE-NOUS DANS LA SALLE DU TRÔNE.
NOUS Y VOILÀ. MEORTI...
LE TERMINAL D'ACCÈS PRINCIPAL DE SHU-TORUN DEVRAIT ÊTRE DANS LE TRÔNE.
J'Y VAIS ?

BRAVO, TUNGA ! FANTASTIQUE !
OH, MERCI, MON CHER DROÏDE. C'EST AGRÉABLE D'ÊTRE ADMIRÉ.
COMMENT NOTRE RÉGISSEUSE S'EN SORT ?
MEORTI S'EN SORT TRÈS BIEN.
IL FAUT VRAIMENT QUE TU RESTES LÀ ? ÇA ME DISTRAIT.
POURQUOI PASSER À CÔTÉ D'UNE OCCASION DE S'ASSEOIR SUR UN TRÔNE, MA CHÉRIE ?
TU EN AS ENCORE POUR LONG-TEMPS ?
C'EST BON.
ET MAIN-TENANT ?
HMM ?

ET MAINTE-NANT, MEORTI ? C'EST QUOI, NOTRE PROCHAIN OBJECTIF IMPOSSIBLE ?
OH, PARDON. IL N'Y A PLUS RIEN À FAIRE.
J'AI PRÉ-PROGRAMMÉ L'INFECTION. ELLE EST INSÉRÉE. C'EST TERMINÉ.
SHU-TORUN...
... EST À NOUS.
JE N'AVAIS JAMAIS VOLÉ UN TRUC AUSSI GROS QU'UNE PLANÈTE.
JE PENSAIS QUE CE SERAIT PLUS SPECTACULAIRE.
EUH, DÉSOLÉE ? VOUS M'AVEZ DEMANDÉ UN PIRATAGE, PAS DU SPECTACU-LAIRE.
OH, JE SAIS QU'IL Y AURA ASSEZ DE SPECTACULAIRE POUR TOUS LES AUTRES.
SURTOUT POUR TRIOS.

Les chambres abyssales.
JE SUIS NAVRÉE QUE VOUS DEVIEZ PARTIR, DAME COMALI. JE COMPRENDS QUE VOUS SOYEZ TOUJOURS EN DEUIL.
VOTRE FILS ÉTAIT UN GARDE NOBLE ET COURAGEUX. IL EST MORT EN HÉROS, EN ME PROTÉGEANT CONTRE... DES TERRORISTES.
MERCI, REINE TRIOS. CES TERRIBLES BRÛLURES SUR SON CORPS... ELLES ÉTAIENT SI ÉTRANGES ET SAUVAGES.
JE SUIS NAVRÉ, DAME COMALI. VOTRE VAISSEAU NE PEUT PARTIR POUR L'INSTANT...
VRAIMENT ? IL DOIT Y AVOIR UN AUTRE MOYEN DE TRANSPORT. NOUS NE POUVONS PAS LAISSER CETTE COURAGEUSE SERVANTE DE LA COURONNE DANS SON CHAGRIN...
NON, VOTRE MAJESTÉ, CE SERA ÉGALEMENT IMPOSSIBLE...
... IL SEMBLE QUE TOUTES LES SORTIES DES CHAMBRES ABYSSALES SOIENT FERMÉES.
NOUS NE PARVENONS PAS À LES OUVRIR.
JE SUIS NAVRÉE...
MAJESTÉ ?
GRAND MARÉCHAL !

QUE SE PASSE-T-IL ?
NOUS NE SAVONS PAS. TOUTES LES COMMUNICATIONS VERS L'EXTÉRIEUR SONT COUPÉES. QUELQUE CHOSE INTERFÈRE AVEC *TOUTES* NOS OPÉRATIONS...
NOTRE MEILLEURE THÉORIE EST UN CRASH DE TOUT LE SYSTÈME. TOUTES LES PORTES DE SHU-TORUN SONT SCELLÉES.
UNE FAIBLESSE DANS LA SÉCURITÉ DE SHU-TORUN ? UN GENRE DE PIRATAGE INFORMATIQUE...
QUELLE ÉTAIT CETTE ÉTRANGE PHRASE D'ORTAR ?
"C'EST VOTRE SUCCÈS."
HMM. MAIS ALORS...
C'EST CE QUE J'AI DIT À LEIA AVANT MAKO-TA...
CE SONT LES REBELLES. S'ILS ONT VERROUILLÉ TOUTE LA PLANÈTE, ILS PEUVENT FAIRE... N'IMPORTE QUOI.
NOUS DEVONS REPRENDRE LE CONTRÔLE !
MAIS... *COMMENT*, VOTRE MAJESTÉ ?
JE N'EN AI AUCUNE IDÉE !

LUKE, NOUS AVONS RÉUSSI. VOUS POUVEZ LANCER L'ATTAQUE.
BIEN COMPRIS.
ACCROCHEZ-VOUS TOUT LE MONDE. C'EST PARTI...
HHHHHHGHH!
ENFIN.
JE VEUX QU'ELLE DEVIENNE LA COPIE CONFORME DE JEDHA.
VOYONS SI LEIA NOUS A OUVERT LA PORTE...
TROIS, DEUX, UN ET...

ON EST PASSÉS !
HHGHHHHHHHH!
OUI, C'EST BIZARRE. ON ATTERRIT SUR UNE BASE HOSTILE ET ON S'ATTEND À CE QUE TOUT SE METTE À EXPLOSER, QUE DES SOLDATS NOUS FON-CENT DESSUS...
... MAIS CETTE FOIS, ON CONTRÔLE TOUT. HEIN, R2 ? DÈS QUE TU ES PRÊT...
TROIS, DEUX ET...

SKSSK
QU...
CHARGEZ !
NON!

ON EN A FINI ICI. ENFERMEZ LES PRISONNIERS ET...
BENTHIC !
VOUS AVEZ DEMANDÉ AUX PARTISANS DE VOUS REJOINDRE. NE T'ÉTONNE PAS DE NOUS VOIR AGIR COMME DES PARTISANS.
ET PUIS... IL SERAIT TROP RISQUÉ DE LAISSER QUELQU'UN DERRIÈRE.
JE... PAS BESOIN D'EN FAIRE TROP. ON A *ENTIÈREMENT* L'AVANTAGE.
ON EST LES SEULS À POUVOIR OUVRIR LES PORTES. ON SE FRAYE UN CHEMIN JUSQU'AUX GÉNÉRATEURS, ON LES FAIT SAUTER, ET ON DÉSACTIVE LA POINTE.
PAR ICI !
ON DOIT SEULEMENT SE SERRER LES COUDES !

CHEWIE... RETOURNE AU VAISSEAU ET GARDE LE CONTACT AVEC LA PRINCESSE.
RGGGGHHH!
BENTHIC, J'AI SUIVI TES INSTRUCTIONS ET J'AI ÉTUDIÉ LE SYSTÈME.
ÇA VA MARCHER ?
OUI. LA POINTE SERA DÉTRUITE. L'ÉCONOMIE DE SHU-TORUN SERA ANÉANTIE...
... MAIS NOUS AVONS UNE OPPORTUNITÉ.
NOUS POUVONS SURCHARGER LE DERNIER GÉNÉRATEUR ET AUGMENTER SON BOUCLIER. LA POINTE NE SERA PAS DÉTRUITE.
ELLE PIVOTERA ET FENDRA TOUTE LA PLANÈTE, COMME UN COUTEAU MUNI D'UN BOUCLIER...
TE SOUVIENS-TU DE JEDHA ?

BIEN SÛR, BENTHIC.
UNE PLANÈTE RAVAGÉE PAR LEUR ORGUEIL TECHNOLOGIQUE.
TOUS CEUX QUI SERVENT L'EMPIRE SONT COMPLICES DE CE PÉCHÉ.
JE PENSE QUE LE PEUPLE DE SHU-TORUN A OUBLIÉ SA CULPABILITÉ.
IL S'EN SOUVIENDRA PAR LES FLAMMES.
FAISONS EN SORTE QU'IL N'OUBLIE *JAMAIS*.

MARVEL
065
STAR WARS
GILLEN
UNZUETA
GURU-eFX

Les chambres abyssales, Shu-Torun.
NOUS NE POUVONS OUVRIR AUCUNE ISSUE ?
NOUS SOMMES TOUS ENFERMÉS ICI ?

OUI, VOTRE MAJESTÉ. IL FAUDRAIT UTILISER DES EXPLOSIFS OU DES ENGINS MINIERS POUR PERCER LES MURS.
MAIS L'EXPOSITION DIRECTE AUX TEMPÉRATURES EXTERNES DE CETTE PROFONDEUR EMBRASERAIT IMMÉDIATEMENT LA CHAIR.
NOUS N'AVONS PAS ASSEZ DE VAISSEAUX POUR ÉVACUER. TOUTE PERSONNE RESTANT ICI SERA EN DANGER SI...
JE VOIS, JE VOIS.

ALORS QUE CHOISISSONS-NOUS ?
JE NE COMPRENDS PAS, REINE TRIOS.
LES EXPLOSIFS OU LES ENGINS MINIERS ?
VOTRE MAJESTÉ, VOUS NE COMPRENEZ PAS...
SI, JE COMPRENDS. PAS VOUS.
OUI, NOUS SOMMES TOUS EN DANGER... MAIS LEIA ET LES REBELLES ONT RÉUSSI À VERROUILLER *TOUTE* NOTRE SOCIÉTÉ.
VOUS SAVEZ CE QU'ILS SONT EN TRAIN DE FAIRE ?
CE QUI LEUR CHANTE !

La retraite impériale.
MEORTI À FAUCON. TU NOUS ENTENDS, CHEWIE ?
DES NOUVELLES DE LUKE ? ON DÉFEND LA SALLE DU TRÔNE, MAIS ON PRÉFÉRERAIT S'EN ALLER...
GGGGHHHHHHHHH!
OH. LA STRUCTURE BLOQUE LES COMMUNICATIONS. C'EST LOGIQUE. JE... JE TRANSMETS LE MESSAGE.
À TRÈS VITE.
HHHHSHFHHH!
LA POINTE EST TROP GRANDE, LEIA. TROP D'INTERFÉREN-CES. AUCUN SIGNAL NE PASSE.
MAIS ON A VU TROIS GÉNÉRATEURS EXPLOSER... IL EN RESTE DEUX ! ÇA VEUT DIRE QUE LES DÉFENSEURS SONT TOUJOURS PIÉGÉS. LUKE ET SON ÉQUIPE SONT TOUJOURS LES SEULS À POUVOIR OUVRIR LES PORTES...
OH, J'ESPÈRE QUE R2 S'EN SORT BIEN. LE COURAGEUX PETIT DROÏDE, IL PREND DE TELS RISQUES !
QU'EST-CE QU'ON FAIT MAINTENANT ? JE CONNAIS QUELQUES JEUX D'IMPRO QUI SONT PASSABLEMENT AMUSANTS.
NON, TUNGA. RESTE ICI. ON VA INSTALLER DES DÉFEN-SES AU CAS OÙ ON AIT DE LA COMPAGNIE. CES GARDES QUE TU AS ENFER-MÉS AURONT DES ARMES LOURDES. ON PEUT SE PRÉPARER...
IL FAUT QU'ON SOIT CAPABLE DE GAGNER DU TEMPS POUR LUKE ET LES PARTISANS...
TRIMBAL-LER DES ARMES ?
BON, ON CONNAÎT L'AUTRE POSSIBILITÉ...

"... ET JE PRÉFÈRE BOSSER UN PEU QUE FAIRE LA MISSION DE LUKE, HEIN ?"
La Pointe.
ATTENTION !
ON TE COUVRE, LUKE. TU LEUR FONCES DESSUS. PRÊT ?
PAS VRAIMENT, BENTHIC...
... COMME D'HABITUDE, QUOI.

LA PIÈCE EST DÉGAGÉE. RÈGLE-LE POUR QU'IL EXPLOSE, R2 !
BOOP-BBLPAH !
C'EST BIEN ! ALLEZ, EN ROUTE !

BLLOOOOIOOP!
KKRRAKKOOM
BON, ÇA EN FAIT QUATRE. PLUS QU'UN ET ON POURRA RETOURNER AU FAUCON.
TOU-JOURS AUCUN CONTACT ?
BIOOP!
IL N'Y EN AURA PAS. ON EST TROP PROFOND. ON DOIT SE DÉ-BROUILLER SEULS.
ALORS, ON SE DÉPÊCHE ET ON S'EN VA !
BENTHIC...
SI ON SURCHARGE LE DERNIER GÉNÉRATEUR, AU LIEU DE DÉTRUIRE CETTE STRUCTURE, ON DÉTRUIRA LA PLANÈTE.
ON POURSUIT LE PLAN ?
JE TE LE DEMANDE, MON AMI...
... AVONS-NOUS DÉJÀ RENONCÉ À PUNIR LES COUPABLES ?

SOMMES-NOUS PRÊTS ?
OUI, VOTRE MAJESTÉ. UN TRANSPORTEUR A ÉTÉ PRÉPARÉ.
NOUS N'ATTENDONS QUE...
VOUS ALLEZ TOUS NOUS LAISSER MOURIR ICI ?!
LA TEMPÉRATURE INTERNE DES CHAMBRES ABYSSALES DEVRAIT RESTER STABLE ASSEZ LONGTEMPS POUR QUE DES SECOURS ARRIVENT.
NOUS DEVONS POURSUIVRE L'IMPORTANTE MISSION DE SAUVER NOTRE MONDE.
VOUS ABANDONNEZ LA FINE FLEUR DE LA NOBLESSE DE SHU-TORUN !
VOTRE PÈRE SERAIT CHOQUÉ. IL...
MON PÈRE M'A ENVOYÉE MOURIR POUR SHU-TORUN.
VOTRE FILS A ÉTÉ ***TUÉ*** PAR ***DARK VADOR***. IL A ÉTÉ TUÉ AVEC TOUTES LES PERSONNES PRÉSENTES DANS LA PIÈCE, À PART MOI.
ILS ÉTAIENT AUSSI DES SACRIFICES POUR LA SURVIE DE SHU-TORUN.
SI VOUS MOUREZ MAINTENANT, CE SERA AU SERVICE DE CETTE CAUSE.
SI JE VOUS ***ABATS*** MAINTENANT, CE SERA AU SERVICE DE CETTE CAUSE.

POURQUOI SHU-TORUN EST-ELLE ATTAQUÉE ?
PARCE QUE JE...
... JE FAIS CE QUE JE PEUX.
JE SUIS NAVRÉ. C'EST UN VAISSEAU DE TRANSPORT UN PEU EXIGU.
IL N'Y A PAS DE SIÈGE ADAPTÉ À LA ROYAUTÉ DE VOTRE STATUT. JE...
PEU IMPORTE. NOUS AVONS DES PROBLÈMES PLUS IMPORTANTS QUE LE CONFORT DE MON SIÈGE.
EN AVANT !

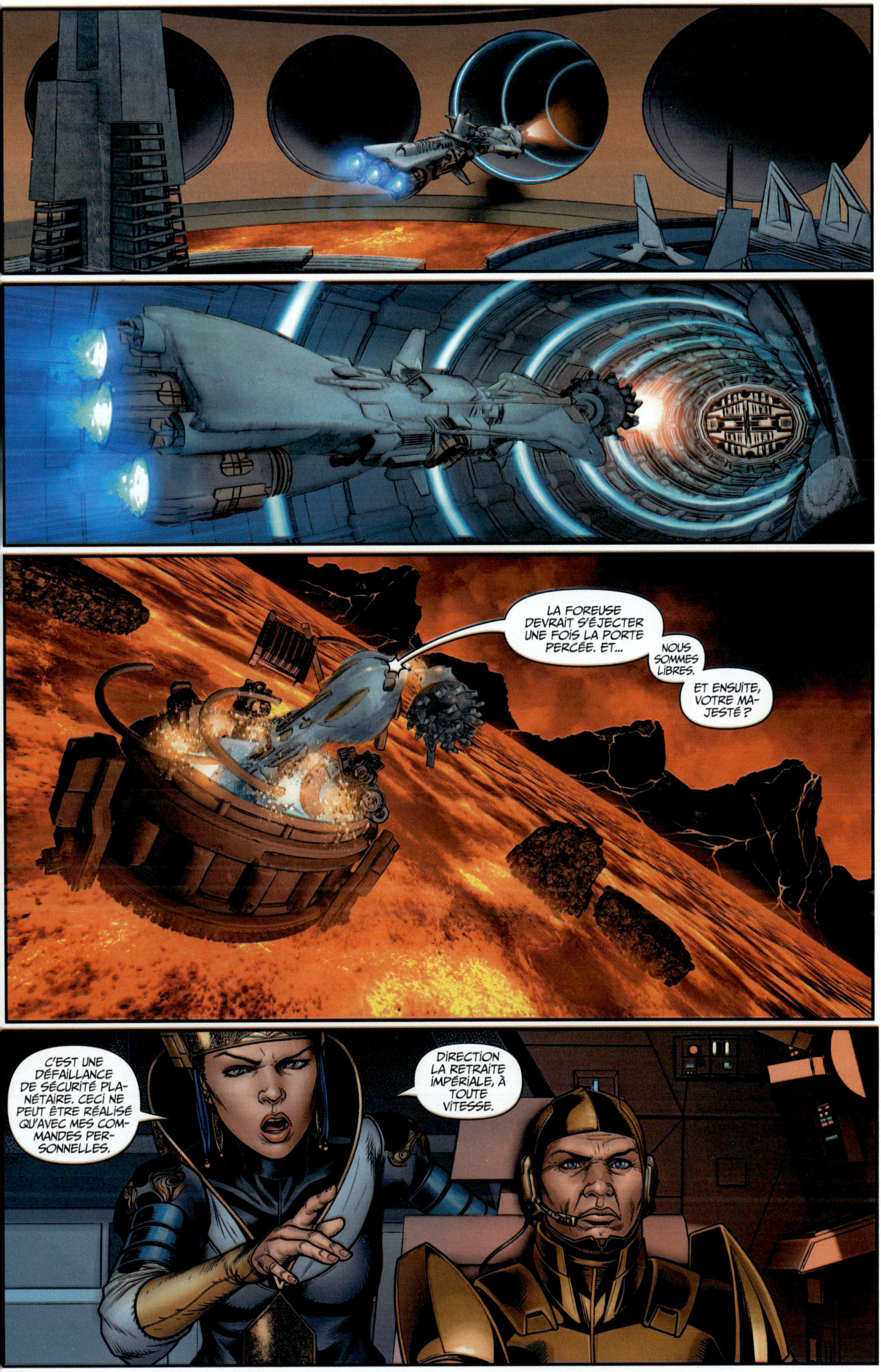
LA FOREUSE DEVRAIT S'ÉJECTER UNE FOIS LA PORTE PERCÉE. ET...
NOUS SOMMES LIBRES.
ET ENSUITE, VOTRE MAJESTÉ ?
C'EST UNE DÉFAILLANCE DE SÉCURITÉ PLANÉTAIRE. CECI NE PEUT ÊTRE RÉALISÉ QU'AVEC MES COMMANDES PERSONNELLES.
DIRECTION LA RETRAITE IMPÉRIALE, À TOUTE VITESSE.

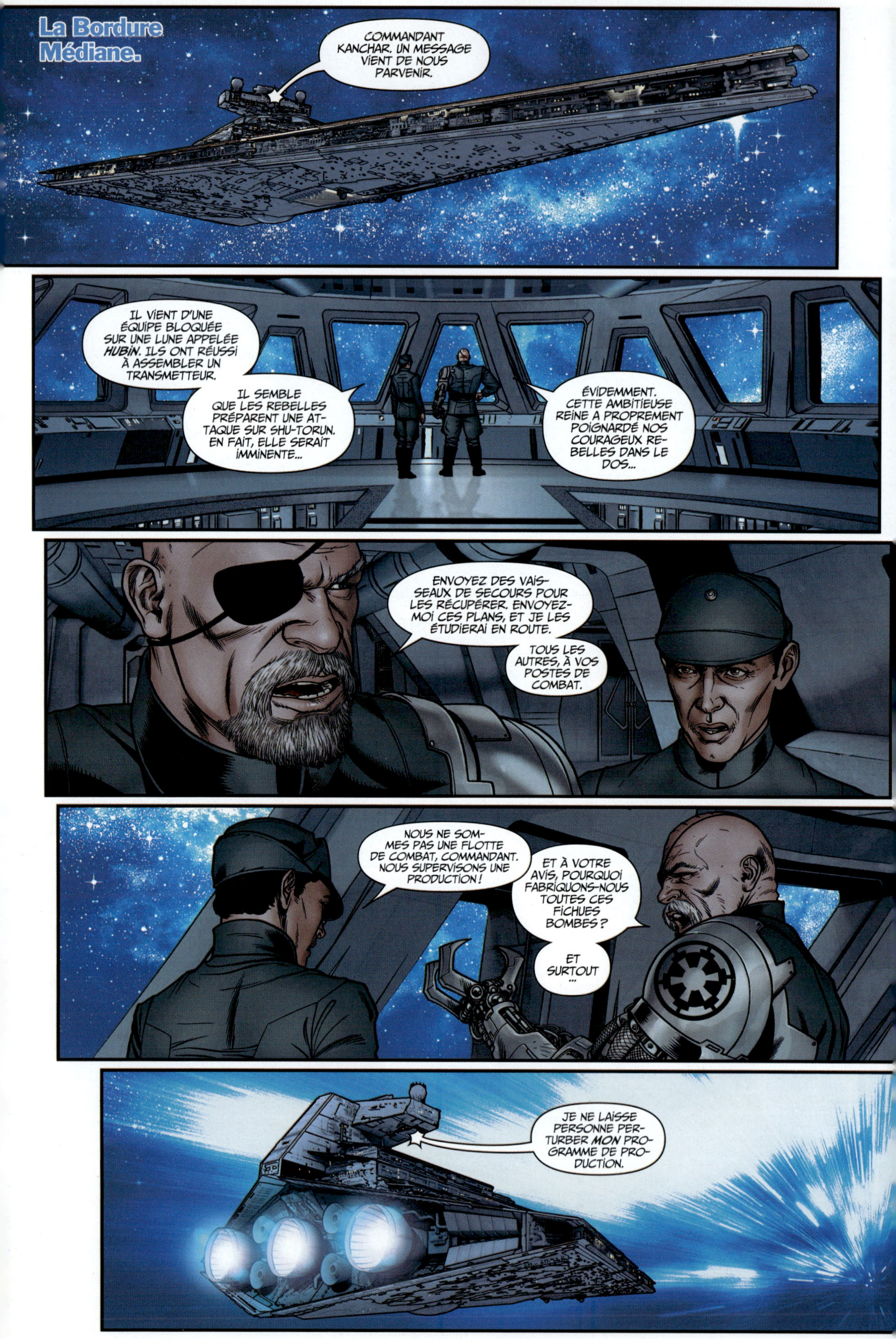
La Bordure Médiane.
COMMANDANT KANCHAR. UN MESSAGE VIENT DE NOUS PARVENIR.
IL VIENT D'UNE ÉQUIPE BLOQUÉE SUR UNE LUNE APPELÉE HUBIN. ILS ONT RÉUSSI À ASSEMBLER UN TRANSMETTEUR.
IL SEMBLE QUE LES REBELLES PRÉPARENT UNE ATTAQUE SUR SHU-TORUN. EN FAIT, ELLE SERAIT IMMINENTE...
ÉVIDEMMENT. CETTE AMBITIEUSE REINE A PROPREMENT POIGNARDÉ NOS COURAGEUX REBELLES DANS LE DOS...
ENVOYEZ DES VAISSEAUX DE SECOURS POUR LES RÉCUPÉRER. ENVOYEZ-MOI CES PLANS, ET JE LES ÉTUDIERAI EN ROUTE.
TOUS LES AUTRES, À VOS POSTES DE COMBAT.
NOUS NE SOMMES PAS UNE FLOTTE DE COMBAT, COMMANDANT. NOUS SUPERVISONS UNE PRODUCTION !
ET À VOTRE AVIS, POURQUOI FABRIQUONS-NOUS TOUTES CES FICHUES BOMBES ?
ET SURTOUT ...
JE NE LAISSE PERSONNE PERTURBER MON PROGRAMME DE PRODUCTION.

La Pointe.
ON LES A EUS ! SALLE SÉCURISÉE !
ON INSTALLE LA DERNIÈRE CHARGE ET ON S'EN VA.
R2 ? AU TRAVAIL.
PAS LES CODES DE DESTRUCTION. SURCHARGE LE GÉNÉRATEUR, DROÏDE.
AOOOOOPP ?
VHHHHMM
HEIN ?

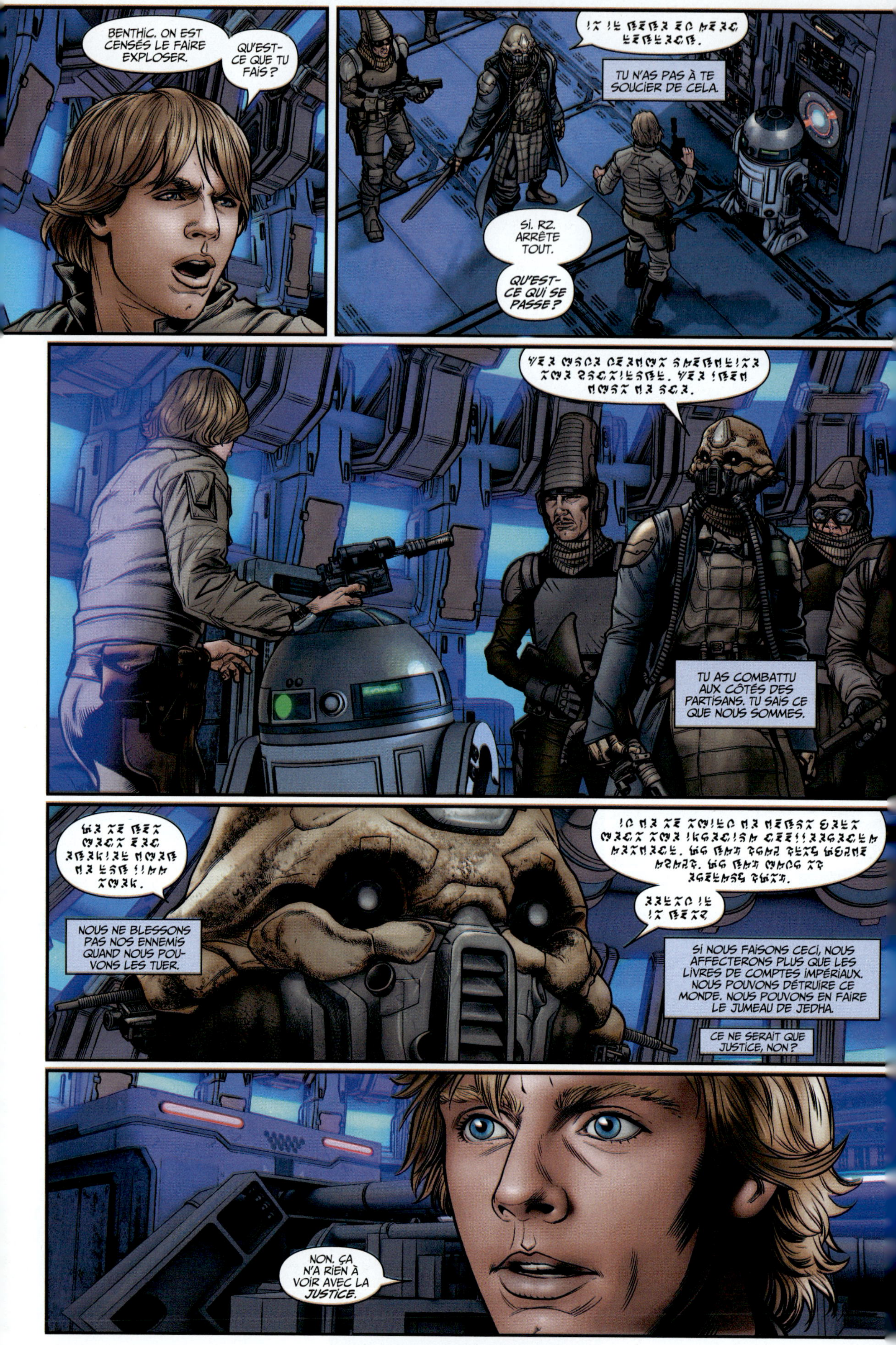
BENTHIC. ON EST CENSÉS LE FAIRE EXPLOSER.
QU'EST-CE QUE TU FAIS ?
TU N'AS PAS À TE SOUCIER DE CELA.
SI. R2. ARRÊTE TOUT.
QU'EST-CE QUI SE PASSE ?
TU AS COMBATTU AUX CÔTÉS DES PARTISANS. TU SAIS CE QUE NOUS SOMMES.
NOUS NE BLESSONS PAS NOS ENNEMIS QUAND NOUS POUVONS LES TUER.
SI NOUS FAISONS CECI, NOUS AFFECTERONS PLUS QUE LES LIVRES DE COMPTES IMPÉRIAUX. NOUS POUVONS DÉTRUIRE CE MONDE. NOUS POUVONS EN FAIRE LE JUMEAU DE JEDHA.
CE NE SERAIT QUE JUSTICE, NON ?
NON. ÇA N'A RIEN À VOIR AVEC LA JUSTICE.

CE N'EST PAS NOTRE AVIS.
JE VOIS.
R2. JE PENSE QUE NOUS N'AVONS PAS LE CHOIX, NON ?
FAIS CE QUE TU DOIS FAIRE.
AOOOP!

SUIVEZ-LES !
LE RÊVE NE DOIT PAS MOURIR...
... MAIS SHU-TORUN SI.
ILS SONT DEVENUS FOUS.
ALOO-OOO-OOOP!
IL DOIT Y AVOIR UN MOYEN DE LES ARRÊTER.

VOTRE MAJESTÉ ! LA POINTE ! IL Y A UN PROBLÈME !
DONNEZ-MOI LES RELEVÉS, VITE.
VOICI, VOTRE MAJESTÉ.
MODULATIONS DE GRAVITÉ... GÉNÉRATEURS DÉTRUITS. SURCHARGE EN COURS...
ILS ESSAIENT DE FENDRE LA PLANÈTE.
DEVONS-NOUS NOUS DIRIGER VERS LA POINTE ?
NON. ILS L'AURONT AUSSI VERROUILLÉE.
NOUS DEVRIONS FAIRE SAUTER TOUTES LES PORTES. LA POINTE POSSÈDE SA PROPRE ARMÉE, CAPABLE DE REPOUSSER DES INTRUS... SI NOUS LA LIBÉRONS.
NOUS DEVONS REPRENDRE LE SYSTÈME DANS MA RETRAITE.
ILS SERONT PRÊTS.
ILS NOUS ATTENDRONT.

ATTENTION, PRINCESSE. NOUS AVONS DE LA VISITE.
PRÉPAREZ-VOUS À TIRER À LA SECONDE OÙ ILS ATTERRIRONT. ILS SERONT PLUS NOMBREUX. ET S'ILS ARRIVENT À PASSER... NOUS SOMMES FICHUS.
JE TIRE. PIGÉ.
MAIS... ILS ARRIVENT TRÈS VITE.
TROP VITE.
ELLE NE VA PAS ATTERRIR.

COUCHEZ-VOUS !

ON DOIT CHANGER DE POSITION !

REPRENEZ LA RETRAITE. REPRENEZ NOTRE MONDE.
AVANT QU'IL NE SOIT TROP TARD.

VITE !
JE SAIS !
BON, C'EST OFFICIELLEMENT DEVENU PIRE QUE L'AUTRE POSSIBILITÉ.

NOUS SOMMES ARRIVÉS SUR SHU-TORUN, COMMANDANT.
L'ATTAQUE A DÛ COMMENCER. SHU-TORUN SEMBLE COMPLÈTEMENT VERROUILLÉE.
EXCELLENT, EXCELLENT. SI JE COMPRENDS BIEN, LE PLAN NÉCESSITE QUE LA PRINCESSE LEIA ET SES AMIS PRENNENT LE CONTRÔLE DE LA RETRAITE IMPÉRIALE.
SI LA PLANÈTE EST VERROUILLÉE, ILS DOIVENT S'Y TROUVER...
... CE QUI EN FAIT DONC UNE CIBLE POUR UN BOMBARDEMENT ORBITAL.
C'EST UN SITE SAINT POUR SHU-TORUN.
SANS AUCUN DOUTE.
ET QUAND NOUS EN AURONS TERMINÉ, TOUS SES OCCUPANTS SERONT DE SAINTES CENDRES.
À suivre...

MARVEL

STAR WARS™

DOCTOR APHRA

028

SPURRIER
LAISO
ROSENBERG

LES PIRES DU PIRE
Chapitre II

L'archéologue sans scrupule Aphra est en cavale ! Mais on a implanté, à Triple Zéro et à elle, une bombe qui explosera s'ils s'éloignent trop l'un de l'autre. Les deux ennemis mortels sont donc contraints de faire équipe.

Tout ceci fait partie d'une expérience menée par le maléfique docteur Cornelius Evazan, qui observe de loin Aphra tenter de se dépêtrer des dangers rencontrés sur Milvayne, un monde impérial très pointilleux sur le respect de la loi. Leur seul espoir est d'atteindre le seul spécialiste capable de leur ôter les bombes avant la fin du compte à rebours !

Mais leur situation paraît des plus désespérées. En effet, Tam Posla a été ressuscité par un champignon imprégné de la Force, et un autre ennemi d'Aphra semble avoir fait son retour....

BT-1 !
OH, MON CHER AMI ! CE CRÉTIN DE BON SAMARITAIN T'AURAIT DONC RECONSTRUIT ? COMME TU AS DÛ SOUFFRIR, LORSQUE TU AS ÉTÉ DÉTRUIT !
CE POLICIER D'OPÉRETTE N'A MÊME PAS LA DÉCENCE DE RESTER MORT, ET IL ESPÈRE QUE TU TE RETOURNES CONTRE MOI ?!
AU NOM DE TOUTES LES ATROCITÉS QUE NOUS AVONS PARTAGÉES...
... MONTRE-LUI COMME IL SE TROMPE !
TRIPLE ZÉRO ! À TERRE !
BLEEP

Les bas-fonds de Milvayne City.
FWOOOSH
AAAAH...
HUM... BT ! J'APPRÉCIE QUE TU COMPTES SUR LA RÉSISTANCE AUX FLAMMES DE MON ENVELOPPE POUR QUE JE NE SOIS PAS ENDOMMAGÉ.
MAIS LA SITUATION A CHANGÉ. SI D'AVENTURE APHRA VENAIT À PÉRIR, J'EXPLOSERAIS. ALORS, JE PRÉFÉRERAIS...
CLNK

MAIS RESTE À COUVEEEERT !
OH, SEIGNEUR.
CLNK ZNK KLT
TU... TU ENTENDS ÇA ? IL FABRIQUE LUI-MÊME SES MUNITIONS. ÇA NOUS LAISSE UNE MINUTE MAXI POUR FILER. IL FAUT QU'ON TROUVE VULAADA !
SANS ELLE, ON N'ATTEINDRA JAMAIS LE PROFESSEUR ET ON VA FINIR EN CONFETTIS !
NE SOIS PAS RIDICULE ! CETTE PETITE PESTE S'EST SAUVÉE AU PREMIER SIGNE DE DANGER. ENCORE UNE PREUVE QUE DANS CETTE MISÉRABLE GALAXIE...
HKK ! P-POURQUOI... ON EST ATTIRÉS... EN ARRIÈRE ?
... LA TRAHISON RESTE L'UNIQUE CONSTANTE.
HRR. VOICI UNE DÉMONSTRATION DE CE QUE VOUS NE VOULEZ PAS COMPRENDRE, PÉCHEURS.
DANS CETTE MISÉRABLE GALAXIE, L'UNIQUE CONSTANTE EST LA FORCE.

AAARGH!
OH... C'EST VOUS... LES GARS ?
GÉÉÉÉÉNIAL.
JE PENSE QUAND MÊME QUE DES FLÉCHETTES THERMIQUES AURAIENT ÉTÉ PLUS ADAPTÉES À UN CADAVRE RÉANIMÉ, NOKK.
C'EST POUR ÇA QUE TU PORTES LES CIBLES ET QUE MOI, JE LES CHASSE.

CE SONT DES CHASSEURS DE MONSTRES. ON A EU... UN PETIT DÉSACCORD, IL Y A QUELQUE TEMPS.
IRAIS-JE UN TANTINET TROP LOIN EN PRÉSUMANT QUE TU LES AS TRAHIS ?
PAS GRAVE. ILS SONT TRÈS À CHEVAL SUR LES PRINCIPES ET REFUSENT DE TUER. ÇA DEVRAIT ALLER.
ILS NE TUENT PAS ?! MAIS COMMENT PEUT-ON EN ÊTRE FIER ?!
LAISSE-MOI PARLER, OK ?
OH, NON ! ELLE NOUS BRAQUE AVEC UN BLASTER !
QUOI ?! MAIS NON, JE...
C'EST DE LA LÉGITIME DÉFENSE !
AH, TU VOIS BIEN QU'ILS TUENT. POURQUOI VOIS-TU TOUJOURS LE MAL CHEZ LES GENS. LE PIRE, ÉTANT QUE TU NE LES DISSÈQUES MÊME PAS POUR VÉRIFIER.
SSS. VOILÀ LA CIBLE. PASSE-MOI LE LANCEUR, WINLOSS.
HUM... TU SAIS, JE CROIS QUE C'EST MOI QUI DEVRAIS...
NE FAIS PAS L'IMBÉCILE, CHER ÉPOUX. LE FILET IONIQUE EST TRÈS CHER. TU GÂCHERAIS NOTRE UNIQUE CHANCE, AVEC TA DÉPLORABLE PRÉCISION DE MAMMIFÈRE.
C-CHÉRIE. JE T'AIME, MAIS TU SAIS... CE BOULOT VA PARFOIS AU-DELÀ DE SIMPLEMENT VISER CE QUI EST EN FACE DE NOUS.

CHOOM
CHOOM
CHOOM
IL FAUT AUSSI COUVRIR SES ARRIÈRES.
À TERRE !
ENSEMBLE ?
ENSEMBLE.
SKREEEEEEEE...

VIENS ! ALLEZ ! ALLEZ !
MAIS... ET BT ?
IL VIENT D'ESSAYER DE NOUS TUER, TRIP ! IL N'EST PLUS LUI-MÊME. IL A UN BOULON D'ENTRAVE ET CE SONT DES CHASSEURS PROFESSIONNELS !
BON SANG ! JE SAIS QUE ÇA TE FAIT SOUFFRIR, MAIS TU NE PEUX RIEN POUR LUI !
ET... ET PUIS... TU ES UNE MACHINE À TUER ULTRA EFFICACE QUI NE VERSE JAMAIS DANS LE SEN-TIMENT.
PAS VRAI ?
TU AS RAISON. VIENS.
MAIS DOCTEUR.
AVISE-TOI ENCORE UNE FOIS DE PRÉTENDRE COMPRENDRE CE QU'EST LA SOUFFRANCE...

... ET JE ME FERAI UNE JOIE DE TE DÉMONTRER QUE TU AS TORT.
HM. VISIBLEMENT, L'AUTRE PETIT DROÏDE EST UN SUJET SENSIBLE POUR NOTRE AMI PSYCHOTIQUE.
NUUUH-HRK-UT-UT.
Docteur Cornélius Evazan et Ponda Baba : scientifiques et sadiques.
TU AS RAISON, PONDA. ÊTRE MAUVAIS N'EMPÊCHE PAS D'AVOIR DES AMIS.
TIENS, ESSAIE ÇA.
POUR ÊTRE FRANC, JE M'ATTENDAIS À PLUS DE CHAOS ET DE TRAHISON EN OBLIGEANT CES DEUX-LÀ À RESTER ENSEMBLE.
URRRT !
SST
HAHA ! JE SUIS POUR L'AMITIÉ VICELARDE.
URRRT.
CERTES. IL VAUDRAIT MIEUX ÉVITER QUE CE FOUTU DROÏDE SURVIVE POUR ENSUITE NOUS TRAQUER. ET CES CRÉTINS DE CHASSEURS NE SONT VISIBLEMENT BONS À RIEN.
MAIS NE CRAINS RIEN ! LA SCIENCE EST SOURCE DE SOLUTIONS.
QUI DIT NOUVELLES VARIABLES DIT NOUVELLES OPPORTUNITÉS D'ÉTUDE, DIT NOUVEAUX MOMENTS CRUELLEMENT DRÔLES.
IL NOUS SUFFIT D'AMPLIFIER NOTRE SIGNAL D'ÉMISSION, DE FAIRE QUELQUES COMMENTAIRES ET... VOILÀ !

"ON AURA DES SPECTATEURS !"
TU N'EN AS PAS MARRE DE REGARDER CETTE PROPAGANDE IMPÉRIALE, M'LINDI ? CHANGE DE CANAL, VEUX-TU ?
Milvayne City.
HUH... JE N'ÉTAIS JAMAIS TOMBÉ SUR CETTE FRÉQUENCE...
... UGITIFS ! JE RÉPÈTE, LES INDIVIDUS DE CETTE VIDÉO SONT DES FUGITIFS !
PROFITEZ DU SPECTACLE DE LEURS PIÈTRES MÉSAVENTURES EN TEMPS RÉEL !
ÉCOUTE, TRIPLE ZÉRO. JE COMPRENDS QUE TU SOIS ÉNERVÉ...
RAPPELEZ-VOUS, LES AMIS ! SI VOUS AIDEZ LA POLICE À LES ARRÊTER...
... ÇA N'EN SERA QUE PLUS AMUSANT ET LUCRATIF !
BEN MOI, J'AIMERAIS BIEN ÊTRE COINCÉ AVEC ELLE ! PAS VOUS, LES GARS ? HAHA !
JE SAIS QUE TU DÉTESTES ÊTRE COINCÉ AVEC MOI, TRIP...
AH ! L'ÉCRAN FONCTIONNE. TIENS, CES TOCARDS SONT BLOQUÉS EN BAS, AVEC LES REBUTS COMME NOUS. ÇA POURRAIT NOUS ÊTRE PROFITABLE !
MAIS IL FAUT QU'ON CONTINUE D'AVANCER, TRIP. IL NOUS RESTE HUIT HEURES ET DEMIE. C'EST FAISABLE !
IL NOUS SUFFIT DE FAIRE PROFIL BAS.
ALORS, RESTEZ BIEN CONNECTÉS ET RAPPELEZ-VOUS ! CAPTURE OU EXÉCUTION, QUELQU'UN VA GAGNER DES CRÉDITS !
URT-HUR-HUR-HURRR !

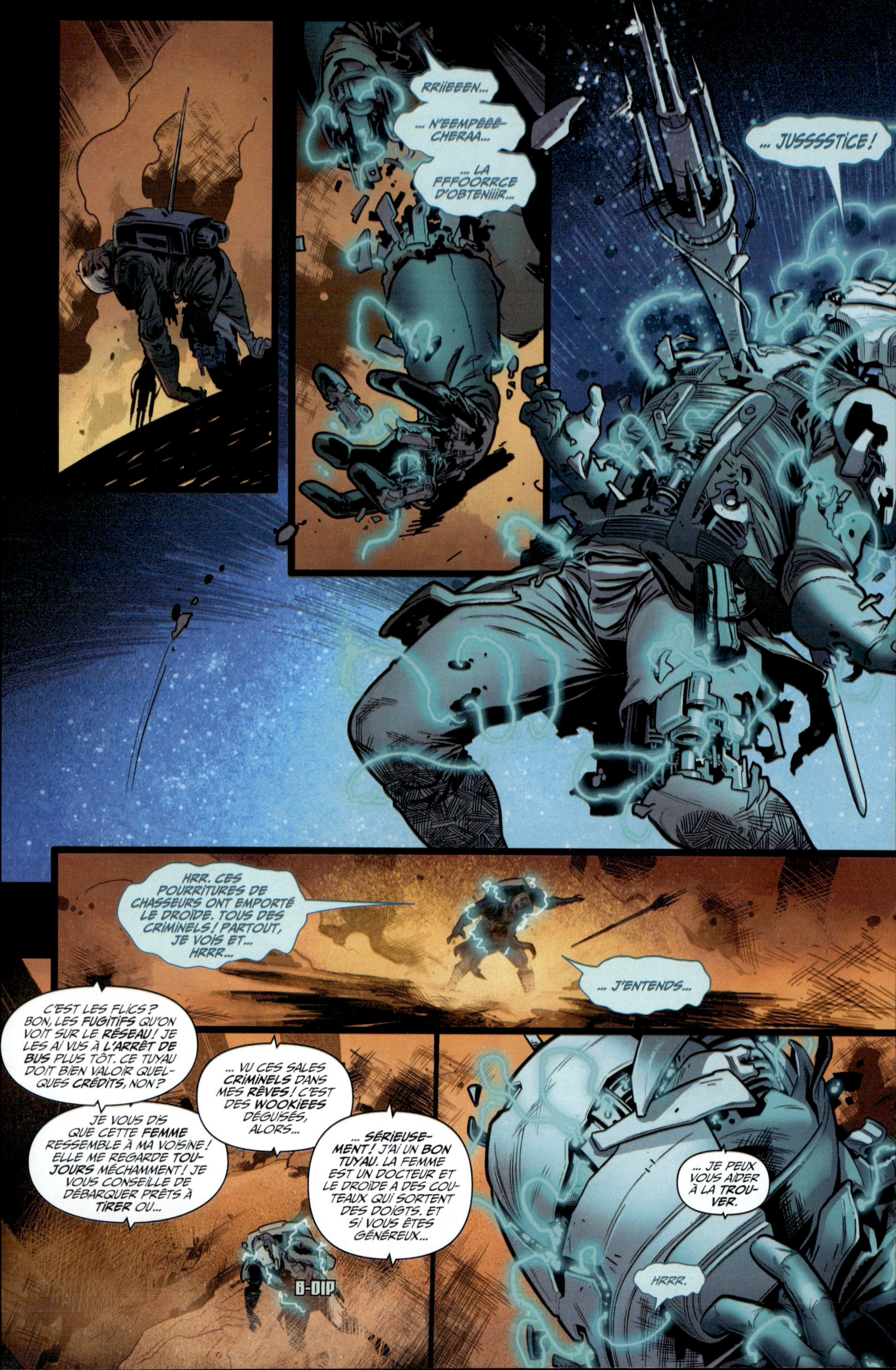
RRIIEEEN...
... N'EEMPÊÊÊ CHERAA...
... LA FFFOORRCE D'OBTENIIIR...
... JUSSSSTICE !
HRR. CES POURRITURES DE CHASSEURS ONT EMPORTÉ LE DROÏDE. TOUS DES CRIMINELS ! PARTOUT, JE VOIS ET... HRRR...
... J'ENTENDS...
C'EST LES FLICS ? BON, LES FUGITIFS QU'ON VOIT SUR LE RÉSEAU ! JE LES AI VUS À L'ARRÊT DE BUS PLUS TÔT. CE TUYAU DOIT BIEN VALOIR QUELQUES CRÉDITS, NON ?
JE VOUS DIS QUE CETTE FEMME RESSEMBLE À MA VOISINE ! ELLE ME REGARDE TOUJOURS MÉCHAMMENT ! JE VOUS CONSEILLE DE DÉBARQUER PRÊTS À TIRER OU...
... VU CES SALES CRIMINELS DANS MES RÊVES ! C'EST DES WOOKIEES DÉGUISÉS, ALORS...
... SÉRIEUSEMENT ! J'AI UN BON TUYAU. LA FEMME EST UN DOCTEUR ET LE DROÏDE A DES COUTEAUX QUI SORTENT DES DOIGTS. ET SI VOUS ÊTES GÉNÉREUX...
B-DIP
... JE PEUX VOUS AIDER À LA TROUVER.
HRRR.

ARRÊTE.
DE QUOI?
CESSE DE FAIRE COMME SI DE RIEN N'ÉTAIT. TU SCANNES LE BROUILLARD À LA RECHERCHE DE LA MORVEUSE.
ON N'Y ARRIVERA PAS À PIED. DÉSOLÉE, MAIS TU N'AS PAS VRAIMENT ÉTÉ CONÇU POUR COURIR. VULAADA A PROMIS QU'ELLE NOUS AIDERAIT.
TOUT COMME TU AS PROMIS DE ME DONNER À ELLE EN PAIEMENT. MAIS TU SAIS QUE JE T'ÉTRIPERAI SI TU ESSAIES, ALORS JE DOUTE QU'AUCUNE DE VOUS DEUX SOIT SINCÈRE.
CETTE PETITE MORVEUSE A DÉJÀ NOTRE ARGENT. IL FALLAIT ÊTRE IDIOT POUR COMPTER SUR LA LOYAUTÉ.
-HFFF- C'EST À CAUSE DE BT, C'EST ÇA ? TU N'ARRIVES PAS À CROIRE QU'IL SE SOIT RETOURNÉ CONTRE TOI, HEIN ?
ÉCOUTE, J'AI VU CE PETIT PSYCHOPATHE ÉRADIQUER DES ARMÉES ENTIÈRES OU SNIPER UN INSECTE.
J'IGNORE À QUOI IL JOUAIT TOUT À L'HEURE, MAIS ON N'AURAIT JAMAIS DÛ POUVOIR S'EN TIRER.
...
TU... TU VEUX DIRE QU'IL NOUS A DÉLIBÉRÉMENT...
OH! MAIS QU'EST-CE QUI ME PREND ? LES BALLES ONT DÛ ABÎMER MES CIRCUITS. TU AS FAILLI ME RENDRE SENTIMENTAL.
LA "LOYAUTÉ". MAIS BIEN SÛR. SEUL UN ORGANIQUE POURRAIT INVENTER UN CONCEPT SI FONDAMENTALEMENT ILLOGIQUE.
EUH...

SALUT, LES AMIS.
VOUS VOULEZ TOUJOURS VOUS BALADER ?

C'EST UNE **ASPIROBARGE**. LES **IMPÉRIAUX** LES LAISSENT FLOTTER EN BAS EN PERMANENCE.
ELLES RÉCOLTENT LES GAZ **RARES** ET REJETTENT LES GAZ **TOXIQUES** ICI.
LES GENS D'EN BAS GRIMPENT GÉNÉRALEMENT DANS UNE BARQUE DE FOUILLEURS, MAIS BON.
Y A **PIRE** COMME MOYEN DE TRANSPORT, NON ?
IL ME RESTE 7 HEURES ET 53 MINUTES AVANT QUE JE SOIS CONTRAINT DE DIRIGER AVEC SOIN MES PROPRES **MORCEAUX** VERS LA **PERSONNE** LA PLUS PROCHE.
CE VAISSEAU ÉMINEMMENT LENT TE PERMETTRA-T-IL D'ÉVITER QUE JE N'EXPLOSE À CÔTÉ DE TOI ?
EUUUH... JE CROIS ?
MOI, JE SUIS **CONTENTE** QUE TU SOIS REVENUE, VULAADA. **RIEN** NE T'Y OBLIGEAIT.
ON AVAIT CONCLU UN MARCHÉ.
PARDONNEZ-MOI, MAIS JE NE SUIS PAS ÉQUIPÉ POUR **VOMIR BRUYAMMENT**. JE VAIS DONC CHERCHER UNE **VERMINE** À **DÉPECER**, À LA PLACE.

IL EST BIZARRE, HEIN ?
SI TU ENTENDS PAR LÀ CONSTAMMENT HORRIBLE, ALORS OUAIS. TU LE VEUX TOUJOURS ?
BAH, IL POURRA TOUJOURS RAPPORTER EN PIÈCES DÉTACHÉES. MAIS... TU POURRAIS PAS LE REPROGRAMMER ? TU M'AS L'AIR DOUÉE POUR SLICER.
MÊME EN ADMETTANT QU'IL ME LAISSE L'APPROCHER SUFFISAMMENT, ET QU'IL N'AIT PAS DE BOMBE EN LUI...
... JE N'Y ARRIVERAIS PAS. IL A LARGEMENT EU LE TEMPS D'APPRENDRE TOUS MES PETITS TOURS.
T'AS DÛ AVOIR DES OPPORTUNITÉS DE LE... DÉSACTIVER AVANT CETTE HISTOIRE DE BOMBE.
QUELQUES-UNES.
MAIS -HFFF- IL EST UNIQUE.
ET PUIS, BON... ÇA ME TUERAIT DE DÉTRUIRE UNE SI BELLE ARME. ET... C'EST VRAI... ON EN A VU DE DURES, TOUS LES DEUX.
MAIS LA VÉRITABLE RAISON POUR LAQUELLE J'AI TOUJOURS HÉSITÉ À LE DÉSACTIVER...
... C'EST QUE C'EST MOI QUI L'AI ACTIVÉ.

JE PENSE PAS QU'IL AGIRAIT COMME TOI.
HA ! ÇA, C'EST SÛR. MAIS LA LOYAUTÉ N'EST PAS TOUJOURS RATIONNELLE.
NI MÊME JAMAIS.
TIENS, LAISSE-MOI TE POSER UNE QUESTION.
TON ANIMAL, GURTYL, EST LIÉ À TOI, PAS VRAI ? ELLE T'EST COMPLÈTEMENT LOYALE. ET TOI, TU DÉPENDS D'ELLE, AUSSI.
OUI.
ALORS, QU'EST-CE QUE TU FERAIS SI UN JOUR, ELLE DÉCIDAIT DE TE MANGER ?
OU... TIENS, PIRE... SI TU PEUX AVOIR TOUT CE QUE TU DÉSIRES, MAIS QUE, POUR ÇA, IL FAUT QUE TU L'ABATTES ?
PRR ?
J'EN SAIS RIEN.
C'EST L'UNIQUE BONNE RÉPONSE, PETITE. ON NE SAIT JAMAIS COMMENT ON VA AGIR AVANT LE MOMENT VENU.
MOI, JE SUIS UNE SENTIMENTALE BOUFFÉE PAR LA CULPABILITÉ.
MAIS ÇA, C'EST PENDANT LES PÉRIODES DE CALME, QUAND PERSONNE N'ESSAIE DE ME TUER.
MAIS QUAND ÇA TIRE DANS TOUS LES COINS, QUE L'ADRÉNALINE COURT DANS MES VEINES ET QUE JE N'AI PAS LE TEMPS DE RÉFLÉCHIR, MA DEVISE, C'EST...

... M'EN-RICHIR.
SAUVER MA PEAU.
TANT PIS POUR LES AUTRES.
ET ELLE ? ELLE FAIT PARTIE DES AUTRES ?
MMHM. JE NE SAIS MÊME PAS SI ELLE EST ENCORE VIVANTE.
JE NE TROUVE RIEN DANS LE REGISTRE LOCAL ET...
BON SANG. RIEN SUR L'HOLONET IMPÉRIAL NON PLUS.
-HFFF-

JE PEUX TE POSER UNE QUESTION ?
QU'EST-CE QUI SE SERAIT PASSÉ SI TU L'AVAIS PAS TRAHIE ?
BEN, JE SERAIS TRÈS MORTE, VRAISEMBLABLEMENT APRÈS AVOIR SUPPLIÉ QU'ON ME TUE TELLEMENT J'AURAIS SOUFFERT.
JE VOIS PAS OÙ EST LE PROBLÈME ALORS.
MIEUX VAUT ÊTRE VIVANTE ET COUPABLE QUE MORTE.
...
TU SAIS, ON SE RESSEMBLE BEAUCOUP. MAIS IL Y A UNE GROSSE DIFFÉRENCE.
AH OUAIS ?
TU ES ENCORE JEUNE.
MAIS FAIS GAFFE. AVOIR UNE CONSCIENCE, ÇA FAIT VIEILLIR VITE.
APHRA ?
IL SEMBLE QUE NOUS SOYONS DANS LE PÉTRIN.

RENDEZ-VOUS, ORDURES DE CRIMINELS. VOUS NE POUVEZ PAS VOUS ÉCHAPPER.
JUSTICE SERA FAITE.
IL A RAISON. O-ON EST À UNE DIZAINE DE KILOMÈTRES DE L'ÎLOT SURÉLEVÉ LE PLUS PROCHE. Y A QUE DU GAZ, SOUS NOUS.
COMMENT NOUS ONT-ILS TROUVÉ ?
QUELLE QUESTION ABSOLUMENT INUTILE ! PERMETS-MOI PLUTÔT DE M'ATTARDER SUR LES STRATÉGIES À NOTRE DISPOSITION POUR LES AFFRONTER.
LES AFFRONTER ? BON SANG, TRIP ON N'A MÊME PLUS CETTE SALETÉ DE BLASTER. ON N'A AUCUNE CHANCE !
COMME TOUJOURS, MA CHÈRE CHELLI, TU TE TROMPES.

ÉCOUTEZ-MOI ATTENTIVEMENT, PAUVRES GARANTS DES HORRIBLES LOIS LOCALES.
RETIREZ-VOUS IMMÉDIATEMENT OU JE M'ASSURERAI QU'AVANT DE MOURIR D'ICI PLUSIEURS JOURS, CETTE PRÉCIEUSE PETITE FILLE VOUS TIENDRA POUR RESPONSABLES DE SES ATROCES DOULEURS.
BON SANG, TRIP...
I-IL A RAISON, TU SAIS ? TU TE TROMPES.
J'AI TROUVÉ TA SALETÉ DE BLASTER.
ZOT
QZZZZZTK ! QT QT QT...
MAIS... QU'EST-CE QUE TU...?
D-DÉSOLÉE. MAIS... VOS TÊTES SONT MISES À PRIX.
S-SI C'ÉTAIT PAS MOI... QUELQU'UN D'AUTRE VOUS AURAIT BALANCÉS. TOUT MILVAYNE EST AU COURANT MAIN-TENANT.
TU... TU NOUS AS VENDUS ?
DÉSOLÉE. MAIS... JE SUIS ENCORE JEUNE, ET J'EN AI MARRE DE FOUILLER LES POUBELLES. SI JE VEUX M'EN SORTIR... IL ME FAUT DES CRÉDITS.
MAIS... ON S'EST RAP-PROCHÉES !

M'ENRI-CHIR.
SAUVER MA PEAU.
KRAAK
TANT PIS POUR LES AUTRES.

STAR WARS
DOCTOR APHRA
MARVEL
029
SPURRIER
LAISO
ROSENBERG

DEPUIS COMBIEN DE TEMPS DURE CETTE INFECTION ?
D'APRÈS CE QUE NOUS SAVONS, LE SIGNAL EST OPÉRATIONNEL DEPUIS QUELQUES JOURS, MADAME, MAIS N'EST VISIBLE PAR LE GRAND PUBLIC QUE DEPUIS CE MATIN.
ET IL Y A DÉJÀ DES MILLIARDS DE SPECTATEURS. HM. C'EST ABSOLUMENT INACCEPTABLE, CAPITAINE.
DE TELLES SCÈNES SONT IMMONDES.
NOUS NE POUVONS PERMETTRE QUE DEUX VAGABONDS DONNENT DES IDÉES PERNICIEUSES AUX HABITANTS.
EN EFFET, MADAME. MAIS...
MILVAYNE A ACCEPTÉ DE SE PLIER À LA LOI IMPÉRIALE À CONDITION QUE NOTRE PRÉSENCE SOIT INVISIBLE. NOUS NE POUVONS INTERVENIR.
"NOUS NE POUVONS"?! DANS QUELLE DIVISION CROYEZ-VOUS OPÉRER, CAPITAINE ?
ÊTES-VOUS UN STORMTROOPER DÉCÉRÉBRÉ ? UN INCAPABLE DE PILOTE OU UN DE CES INSPECTEURS TROP HARGNEUX ?
NON, MADAME.
NON, EFFECTIVEMENT ! VOUS ÊTES À LA POINTE DU RÊVE DE L'EMPEREUR !
CAR NOUS, DANS NOTRE RUSE ET NOTRE TÉMÉRITÉ, SOMMES LA COALITION DU PROGRÈS !
NOUS...

... SOMMES LES RELATIONS PUBLIQUES !
L'*Enduring Pride*,
vaisseau amiral de la propagande impériale.
400 klicks au-dessus de Milvayne.

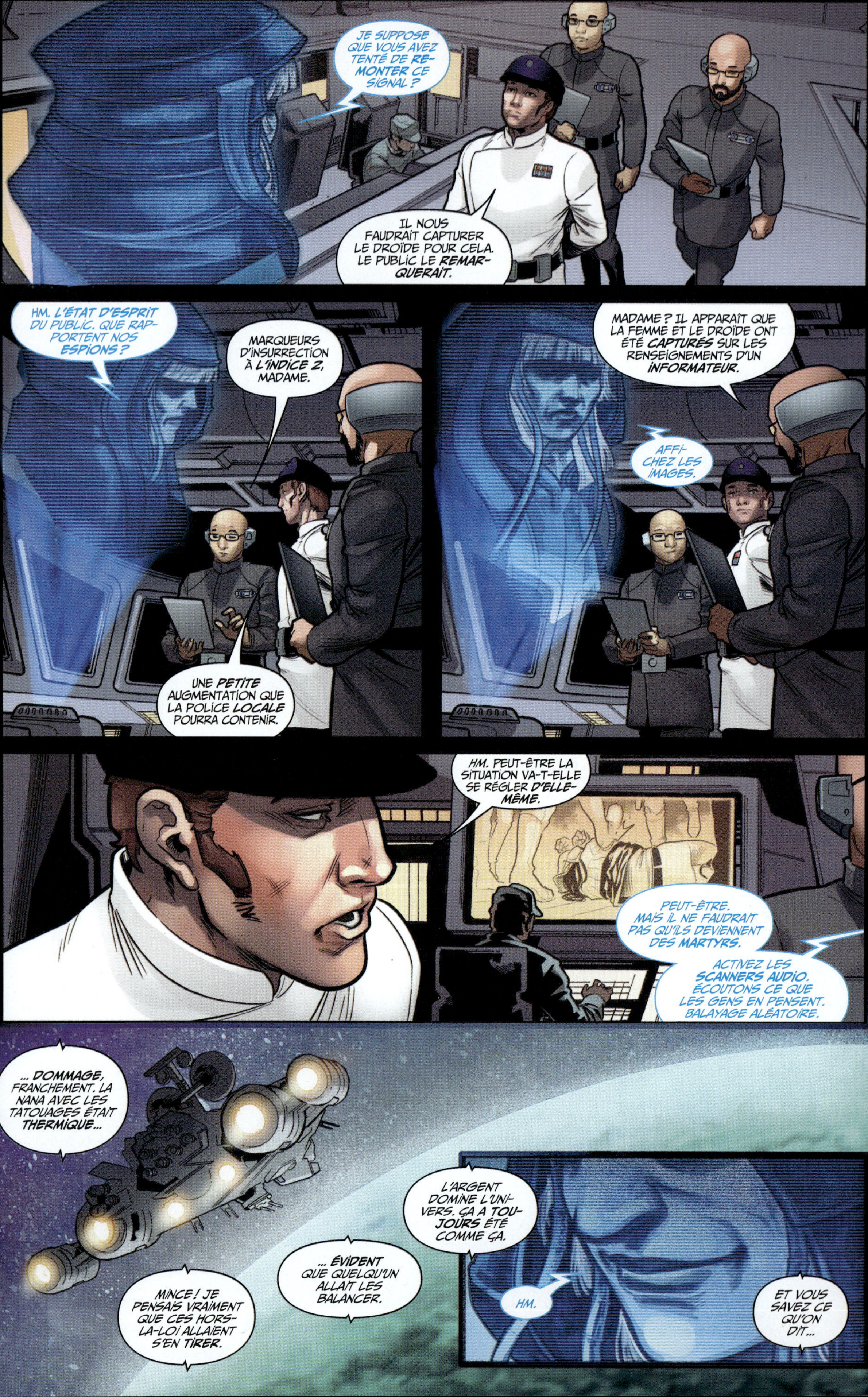
JE SUPPOSE QUE VOUS AVEZ TENTÉ DE REMONTER CE SIGNAL ?
IL NOUS FAUDRAIT CAPTURER LE DROÏDE POUR CELA. LE PUBLIC LE REMARQUERAIT.
HM. L'ÉTAT D'ESPRIT DU PUBLIC. QUE RAPPORTENT NOS ESPIONS ?
MARQUEURS D'INSURRECTION À L'INDICE 2, MADAME.
UNE PETITE AUGMENTATION QUE LA POLICE LOCALE POURRA CONTENIR.
MADAME ? IL APPARAÎT QUE LA FEMME ET LE DROÏDE ONT ÉTÉ CAPTURÉS SUR LES RENSEIGNEMENTS D'UN INFORMATEUR.
AFFICHEZ LES IMAGES.
HM. PEUT-ÊTRE LA SITUATION VA-T-ELLE SE RÉGLER D'ELLE-MÊME.
PEUT-ÊTRE. MAIS IL NE FAUDRAIT PAS QU'ILS DEVIENNENT DES MARTYRS.
ACTIVEZ LES SCANNERS AUDIO. ÉCOUTONS CE QUE LES GENS EN PENSENT. BALAYAGE ALÉATOIRE.
... DOMMAGE, FRANCHEMENT. LA NANA AVEC LES TATOUAGES ÉTAIT THERMIQUE...
MINCE ! JE PENSAIS VRAIMENT QUE CES HORS-LA-LOI ALLAIENT S'EN TIRER.
... ÉVIDENT QUE QUELQU'UN ALLAIT LES BALANCER.
L'ARGENT DOMINE L'UNIVERS. ÇA A TOUJOURS ÉTÉ COMME ÇA.
HM.
ET VOUS SAVEZ CE QU'ON DIT...

"... DANS L'EMPIRE, LA LOI PRIME SUR LA LOYAUTÉ."
SALES CRIMINELS ! VOUS ÊTES ACCUSÉS DE CRIMES TROP NOMBREUX ET IMMONDES POUR ÊTRE ÉNUMÉRÉS.
VOUS ÊTES COUPABLES PAR DÉNONCIATION ! L'OFFICIER TAM POSLA PRÉSIDE VOTRE JUGEMENT !
Milvayne City.
QU'ILS SOIENT FUSILLÉS PUIS JETÉS SANS CÉRÉMONIE DANS LES BRUMES DU MONDE D'EN DESSOUS.
SENTENCE PROCLAMÉE !

EN JOUE !
ATTENDEZ ! VOUS NE POUVEZ PAS LAISSER CE PSYCHOPATHE NOUS JUGER ! IL EST INFECTÉ PAR UN CHAMPIGNON PSYCHIQUE ! IL N'EST MÊME PAS VIVANT !
FAIT INTÉRESSANT, APHRA. IL N'EXISTE QUE DEUX SYSTÈMES DANS TOUTE LA GALAXIE AVEC DES LOIS CONTRE LES POLICIERS MORTS-VIVANTS FONGIQUES. MILVAYNE N'EN FAIT PAS PARTIE.
TA TENTATIVE DE LES POUSSER À SE RETOURNER LES UNS CONTRE LES AUTRES EST SI PITOYABLE ET INFONDÉE QUE J'EN SUIS ESTOMAQUÉ. ET CE, MALGRÉ LE FAIT QUE JE N'AI PAS D'ESTOMAC.
T-TU AS UNE MEILLEURE IDÉE, TRIPLE ZÉRO ?
BIEN SÛR, MA CHÈRE.
CROIS-EN UN DROÏDE QUI N'A PAS D'ÉGAL DANS SON ART, LES PROFESSIONNELS NE CRAIGNENT QU'UNE CHOSE : ÊTRE SURPASSÉS PAR DES AMATEURS.
OR, DANS LE MAINTIEN DE L'ORDRE...
... CES AMATEURS ONT UN NOM.

UN JUSTICIER !
IL A ÉTÉ VIRÉ ! IL A MENÉ ILLÉGALEMENT UNE VENDETTA PERSONNELLE.
VÉRIFIEZ SON NUMÉRO D'IMMATRICULATION ET VOUS VERREZ !
ELLE A RAISON, CHEF. RENVOYÉ AVEC DÉSHONNEUR IN ABSENTIA.
UN MENU DÉTAIL. NOUS SERVONS TOUS LA JUSTICE !
PFF. VOUS VOYEZ, IL EST DINGUE. COMME SI LA JUSTICE AVAIT QUOI QUE CE SOIT À VOIR LÀ-DEDANS.
N'OUBLIEZ PAS LES CAMÉRAS, LES GARS. CE MONDE ENTIER VOUS REGARDE.
VOUS VOULEZ VRAIMENT QUE TOUT LE MONDE VOUS VOIE ÊTRE RIDICULISÉS PAR UN DÉSERTEUR ?

SHK
CHK-CHKK
KLK
CRÉTINS ! LA FORCE EST LA JUSTICE ET LA JUSTICE EST LA FORCE !
JE DOIS ANÉANTIR LES TÉNÈBRES !
BUTEZ-MOI ÇA !
PEW
PEW
PEW
Q-QU'EST-CE QU'ON F...?
TT. JE PENSAIS QUE C'ÉTAIT MALHEUREUSE-MENT ÉVIDENT, DOCTEUR.

COURS, DESTRIER ORGANIQUE ! COURS !
ENTRE NOUS, MON CHÉRI, J'AIME BIEN VOIR LES CASQUÉS SE BATTRE ENTRE EUX. ÇA CHANGE.
ELLE S'EN-FUIT ! C-COURS, MA BELLE ! COURS !
OUAH ! LA TÊTE DE CE TOCARD DE FLIC A SAUTÉ !
GÉNIAL !
HM.

Hiiiii HUUUUF.
CE QUE... HiiiF... TU ES LOURD !
INUTILE D'ÊTRE AUSSI MALPOLIE ! C'EST TOI QUI ES HORS DE FORME, PLUTÔT.
MOI, JE NE SUE PAS COMME UN HUTT DEVANT UN BUFFET !
R-RE-GARDE !
IL Y A UN ATELIER DANS CETTE STATION-SERVICE. JE VAIS POUVOIR RÉPARER TES JAMBES...
HORS DE QUESTION ! TU DEVRAIS DÉSACTIVER MA MATRICE, POUR CELA.
SI TU IMAGINES QUE JE VAIS TE FAIRE CONFIANCE POUR ME RÉACTIVER ENSUITE, TU ES...
EH BIEN, TU TE MONTRES AUSSI IDIOTE QUE JE LE PENSE.
TRIP.
JE SAIS QUE... JE SAIS QUE JE SUIS LA DERNIÈRE PERSONNE À QUI TU FERAIS CONFIANCE.
PEUT-ÊTRE MÊME LA DERNIÈRE PERSONNE À QUI N'IMPORTE QUI FERAIT CONFIANCE.
MAIS TU AS VU SUR QUEL MONDE ON EST ? J'AI RAREMENT VU PIRE !
LA MISÈRE ET LA PEUR RÈGNENT ICI. TOUT ÇA PARCE QUE PERSONNE NE FAIT CONFIANCE AUX AUTRES.
CE QUE JE VEUX DIRE, C'EST QUE... QUAND ON NAGE EN PLEINE SUSPICION ET TRAHISON...

... IL N'Y A PAS DE MEILLEURE PLANCHE DE SALUT QU'UN PEU DE **FOI EN L'AUTRE**.
OOOH.
OOOH.
HM.
JE CROIS BIEN AVOIR LA **NAUSÉE**. C'EST REMARQUABLE ! JE RAPPELLE QUE JE N'AI PAS D'ESTOMAC, MAIS TON PETIT DISCOURS **MÉLODRAMATIQUE** EST À **VOMIR**.
TRÈS DRÔLE.
TT.
MALHEUREUSEMENT, JE N'AI PAS **D'AUTRE** OPTION. SI NOUS NE POUVONS AVANCER RAPIDEMENT, NOUS ALLONS MOURIR **TOUS LES DEUX**.
TRÈS BIEN, TU PEUX ME **RÉPARER**...

... MAIS SACHE QUE SI TU TENTES QUOI QUE CE SOIT PENDANT QUE JE SUIS EN VEILLE...
OUAIS, OUAIS. D'HORRIBLES SOUFFRANCES BLA BLA BLA. ÇA NE PRENDRA QU'ENVIRON DIX MINUTES, TRIP. FAIS-MOI CONFIANCE...
... JE SUIS DOCTEUR.
ZZZZP
Environ
Dix
Minutes
Plus tard.
ZZZP
BIEN, TU PEUX TE RALLUMER. COMMENT TU TE SENS ?
DIAGNOSTIC EN COURS.
IL NOUS RESTE CINQ HEURES ET VINGT-DEUX MINUTES AVANT QUE NOS BOMBES N'EXPLOSENT ET NOUS SOMMES À SOIXANTE-SEPT KLICKS DE L'ENDROIT OÙ SE TROUVE LE PROFESSEUR PREXO. ET...
... IL SEMBLE QUE TU M'AIES RÉPARÉ.
HM.

BON, ET SI ON FILAIT D'ICI AVANT QUE... EUH...
T-TRIP ?
POURQUOI TU ME REGARDES COMME ÇA ?
TRIP, JE T'AI RÉPARÉ. POURQUOI...
WHR-CLK
FWOOM
KLANK
SSSS !

LES CHASSEURS DE MONSTRES ! T-TU M'AS SAUVÉE !
ELLE A FAILLI M'EMBROCHER AVEC SA LANCE !
SOTTISES. JE ME SUIS SAUVÉ.
À TERRE !
CE CARGO VA DANS LA BONNE DIRECTION. SI JE N'AVAIS PAS TRAÎNÉ TON SAC DE CHAIR, NOS DEUX BOMBES AURAIENT EXPLOSÉ. J'AI AGI PAR PRAGMATISME.
JE CROIS PLUTÔT QUE TU ESTIMES M'ÊTRE REDEVABLE PARCE QUE, SOUS TON CODAGE MALÉFIQUE, IL Y A UNE ONCE DE DÉCENCE.
CALOMNIE ! RETIRE CELA IMMÉDIATEMENT OU JE T'ARRACHE LES PAUPIÈRES !
ÇA... AH, BON SANG. ÇA DEVRA ATTENDRE.
MALGRÉ TOUS LES MOYENS À SA DISPOSITION, IL Y A UNE CHOSE QUE L'EMPIRE NE PARVIENDRA JAMAIS À FAIRE DISPARAÎTRE, ET CE N'EST CLAIREMENT PAS L'ESPOIR.
MAIS LES BOUCHONS !
VIENS !

RALENTIS ! J'AI ÉTÉ CONÇU POUR FAIRE SOUFFRIR, PAS POUR COURIR !
ARRÊTE DE RÂLER ET MAGNE-TOI !
THWIIISH
YAAAA !
OH, SEIGNEUR.
FZOT
BLEEP!

D'OÙ ÇA...?
BLEEP!
JE CONNAIS CE BRUIT.
BT-1!
ATTENDS, TRIP ! ILS L'ONT PIÉGÉ DANS UN FILET IONIQUE. SES CIRCUITS INTERNES DEVRAIENT ÊTRE GRILLÉS !
MAIS NON ! IL EST PLUS FORT QUE CELA. IL... IL A DÛ TROUVER UN MOYEN DE SURVIVRE.
ÇA M'ÉTONNE QUE LA TRANDOSHANE... NOKK... T'AIT RATÉ. E-ET SON MARI, WINLOSS, DEVRAIT ÊTRE DANS LES PARAGES AUSSI.
TRIP ! JE CROIS QUE C'EST UN PI...
OH, BT ! JE SAVAIS QUE TU NE ME LAISSERAIS PAS TOMBER.
BT ?

BLEEP BLEEP, BANDE DE NAZES !
THWIIIP
KLNK
OH.
VVP
J'ADMETS QUE TON PLAN ÉTAIT ADÉQUAT.
TU AS ÉTÉ PARFAITE AUSSI, CHÉRIE.
LA CAGE EST SCELLÉE ET SÉCURISÉE. ALLONS ENCAISSER NOTRE PRIME.

MADAME ! L'AGRESSIVITÉ DU PUBLIC AUGMENTE !
TROIS INCIDENTS D'INCIVILITÉS PAR MINUTE ET EN AUGMENTATION.
LES GENS... HUM... SEMBLENT APPRÉCIER CES HORS-LA-LOI, MADAME. ILS POURRAIENT S'AGITER SI CELA SE TERMINE MAL...
-HFF-
ÉCOUTEZ ATTENTIVEMENT, CAPITAINE.
CETTE DIVISION PRÉSENTE MILVAYNE COMME UN MODÈLE DE PLANÈTE IMPÉRIALE SUR SEPT CENTS AUTRES MONDES OCCUPÉS.
SOIXANTE-TROIS SYSTÈMES ONT PRÉFÉRÉ SUIVRE L'EXEMPLE DE MILVAYNE ET CAPITULER PLUTÔT QU'ENCOURIR LA PUISSANCE IMPÉRIALE.
UN SOUTIEN INVISIBLE. VOILÀ CE QUE NOUS LEUR PROPOSONS.
EN MAINTENANT L'ORDRE ET EN PRÉSERVANT LA RÉPUTATION DE L'EMPIRE, LES AUTORITÉS LOCALES NOUS PERMETTENT DE RÉGNER DE LOIN.
DONC... VOUS NE VOULEZ PAS QUE NOUS INTERVENIONS ?
AVEZ-VOUS L'IMPRESSION QUE NOTRE RÉPUTATION EST SAINE ET SAUVE, CRÉTIN ?
LE SOUTIEN INVISIBLE A MONTRÉ SES LIMITES. ARMEZ LE CANON À PROJECTILE.
M-MAIS... MAIS... UNE INTERVENTION DIRECTE NE POURRAIT-ELLE PAS PROVOQUER PLUS DE DÉGÂTS QU'AUTRE CHOSE ? UNE APPROCHE PLUS SUBTILE...
VOUS N'AVEZ TOUJOURS PAS COMPRIS, CAPITAINE ?
CHOOOM
"NOUS SOMMES LES R.P. IMPÉRIALES."
VIRE À GAUCHE ! VIRE À GAUCHE !

"NOUS NE FAISONS PAS DANS LA SUBTILITÉ."

PAR LE VIDE. ON A PERDU UN MOTEUR.
T-TRIP ?
OUI, DOCTEUR ?
T-TU CROIS QUE LES GENS PEUVENT CHANGER ?
AH ! LA FAMEUSE REMISE EN QUESTION INUTILE LORSQUE L'ON FAIT FACE À LA MORT. JE POSSÈDE D'IMPORTANTS FICHIERS SUR CE COMPORTEMENT CHEZ LES ORGANIQUES.
VOYONS...
VWUM VWUM VWUM PHUTT
NON, VOUS NE POUVEZ PAS CHANGER. VOUS N'ÊTES QUE DES SACS À VIANDE DÉFAILLANTS DÉNUÉS DE LA CAPACITÉ DE DÉVELOPPEMENT DONT NOUS, ÊTRES AU FONCTIONNEMENT SUPÉRIEUR, SOMMES DOTÉS.
ILS... ILS SE SONT ÉJECTÉS ! ET L'AUTRE MOTEUR LÂCHE !
EN FAIT, LE PROBLÈME N'EST PAS QUE TU SOIS IMMORALE.
LE PROBLÈME... CE QUI FAIT QUE TU ES CONDAMNÉE À REPRODUIRE LES MÊMES ERREURS JUSQU'À TA MORT...
... EST QUE TU ES UNE CATASTROPHE.
OH, NON.
OH, NON.
OH, NOOOAAAA...
ET PUISQUE TU N'ES QU'UN PATHÉTIQUE PETIT SINGE QUI SE SENT SEUL, TU GÈRES CES DEUX DÉFAUTS DE LA MÊME MANIÈRE.

EN ENTRAÎNANT TOUT LE MONDE DANS TA CHUTE.
À suivre ?!

DANS LA SOUTE DU *FAUCON* : *TIE FIGHTER* par Aurélien Vives

À chaque numéro du softcover *STAR WARS*, nous vous proposons des épisodes tirés des séries *Star Wars, Docteur Aphra* et *Vador - Sombres visions*. Cependant, aux États-Unis, ce ne sont pas les seuls comics proposés par Marvel. Des one-shots et des mini-séries complètent l'offre tous les mois. Ces autres comics peuvent se focaliser sur des personnages emblématiques (**Lando** ou **Poe Dameron**, par exemple), servir de préquel à un jeu vidéo (*Jedi Fallen Order - Dark Temple*) ou encore s'intéresser à de simples pilotes de chasseurs TIE...

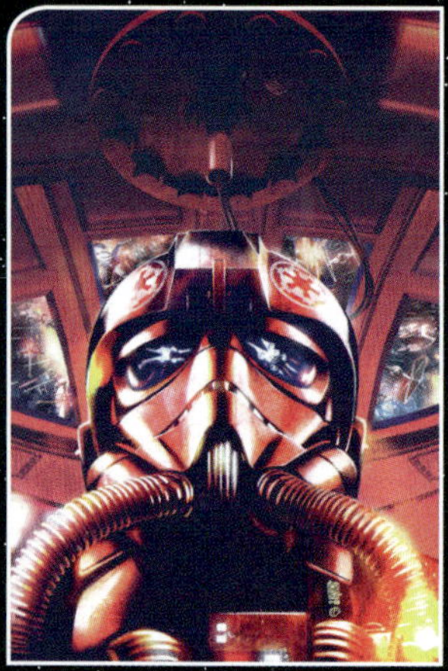

LES AILES DE L'OMBRE

Les chasseurs TIE sont parmi les vaisseaux les plus maniables et rapides jamais construits. Ils sont malheureusement dépourvus de boucliers, ce qui rend la survie des pilotes de l'Empire particulièrement compliquée... mais cela n'a jamais posé de problème à la hiérarchie impériale ! Les plus brillants réussissent à revenir de leurs missions et, s'ils sont suffisamment talentueux, ils peuvent même espérer intégrer l'Escadre de l'Ombre, l'élite des pilotes de chasseurs TIE. Le problème, c'est que les plus doués sont également ceux qui sont envoyés sur les missions les plus dangereuses... Dans *Star Wars: TIE Fighter*, nous suivons les aventures de l'Escadron Cinq alors que la guerre de l'Empire Galactique contre l'Alliance Rebelle fait rage.

TRANSMÉDIA

L'univers *Star Wars* est ce que l'on appelle un univers transmédia. Ce néologisme assez récent signifie que les personnages et les récits peuvent se décliner sous plusieurs formes. Si *Star Wars* est initialement une saga cinématographique, elle se poursuit également en comics mais aussi au travers de romans, de nouvelles, de dessins animés (*Star Wars Rebels*), de séries (*The Mandalorian*) ou encore de jeux vidéo (*Star Wars Jedi: Fallen Order*). Certaines fois, le lien entre deux œuvres produites pour deux supports différents se fait de façon plus marquée. C'est justement le cas entre le comic book *TIE Fighter* – où l'on suit des pilotes de l'Empire Galactique – et le roman *Star Wars : L'Escadron Alphabet* – où l'on se retrouve du côté de l'Alliance Rebelle.

CROSSOVER

La mini-série est signée **Jody Houser** (scénariste à qui l'on doit notamment l'adaptation en comics du roman *Thrawn*) et **Rogê Antônio** (le nouveau dessinateur régulier de *Conan le Barbare*). Chacun des cinq épisodes laisse la place à une histoire courte dédiée à l'un des pilotes de l'Escadron Cinq. Ces histoires sont illustrées par les talentueux **Mike Dowling**, **Joshua Cassara**, **Geraldo Borges**, **Ig Guara** et **Juan Gedeon**. Le roman, premier volet d'une trilogie qui se déroule après les événements du comic book et qui est disponible chez Pocket, est l'œuvre d'**Alexander Freed**, scénariste du jeu vidéo *Star Wars: The Old Republic*, du roman *Battlefront: Twilight Company* et de la novélisation du film *Rogue One: A Star Wars Story*.

MARVEL 2

HOPELESS
LEVEL
BOYD

STAR WARS™
VADER
DARK VISIONS

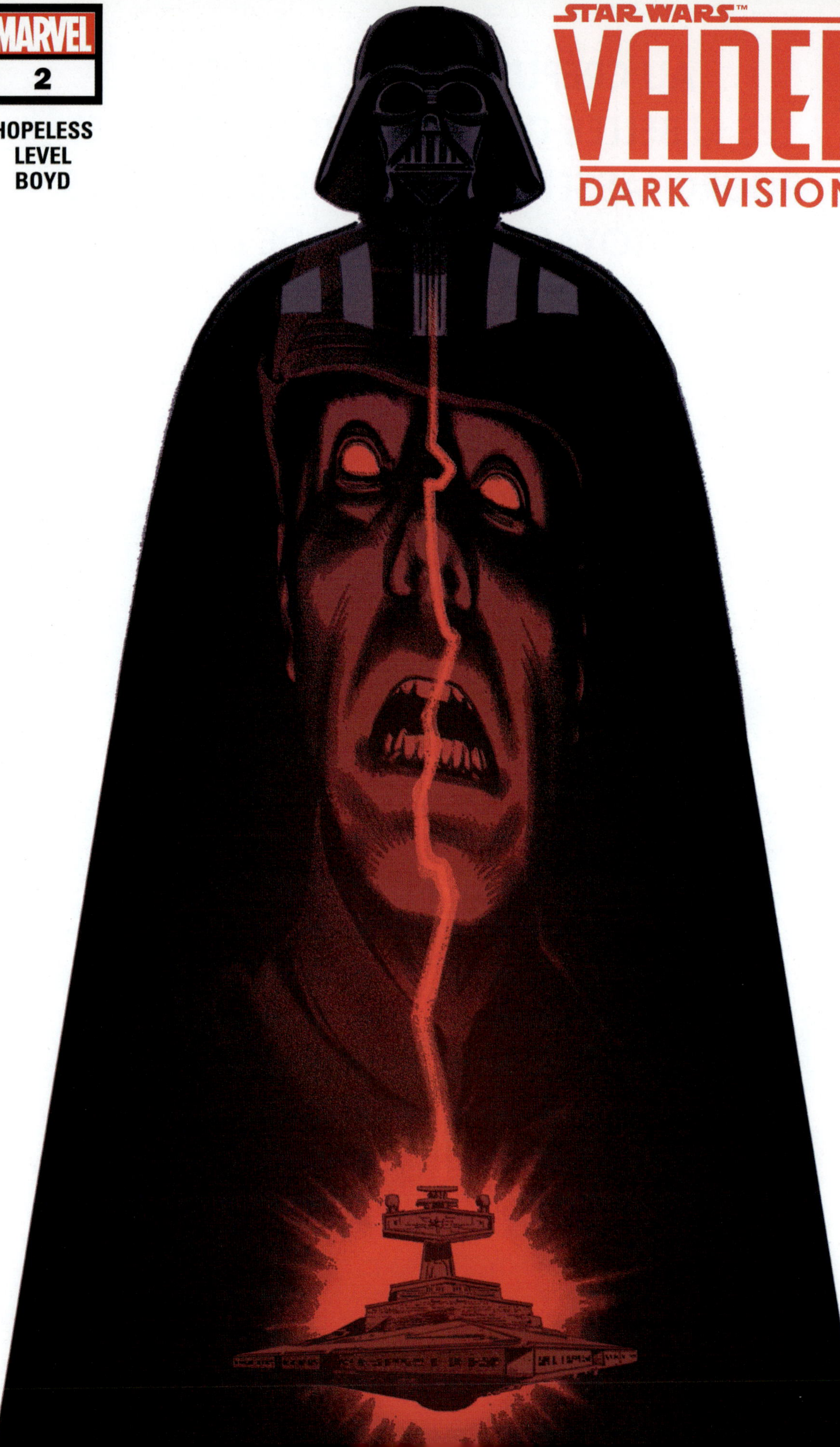

ALLEZ ! ALLEZ ! ALLEZ !
MAIS FONCE !
N'ÉTIONS-NOUS PAS CENSÉS...?
À QUOI ÇA SERVIRAIT, XO ? ILS NOUS ONT EXTERMINÉS.
TOUS LES AUTRES SONT MORTS.
BWEET BWEET
flink
ET ÇA VA ÊTRE NOTRE CAS SI ON NE...
PFIOU.
... "FONCE" PAS ?
EXACT.

L'ÉCHEC...
... N'EST...
... PAS...
... TOLÉRÉ !
WHAP
WHAP
WHAP
JE NE QUALIFIERAIS PAS CETTE MISSION D'ÉCHEC, COMMANDANT.
AH NON ? LAISSER S'ÉCHAPPER L'ESPION EN POSSESSION DES PLANS D'UNE USINE D'ARMEMENT STRATÉGIQUE...
... FAIT DONC PARTIE DE NOTRE PLAN ?
NON, ÉVIDEMMENT. MAIS ILS IGNORENT TOUJOURS OÙ SE TROUVE L'USINE.
"DE PLUS, NOUS AVONS AISÉMENT DÉTRUIT UNE BASE REBELLE D'IMPORTANCE...
"... RETARDANT AINSI LEURS PLANS DANS CE SECTEUR POUR UN BON MOMENT.
"TOUT CECI SANS UNE SEULE PERTE.
"NOS PILOTES ONT ÉTÉ PARFAITS SUR CETTE MISSION."
SI ON AJOUTE LES RENSEIGNEMENTS QUE NOUS TIRERONS DES ORDINATEURS DE LA BASE REBELLE...
CELA RESSEMBLE DE PLUS EN PLUS À UNE VICTOIRE.
-HFFF-
VOUS AVEZ RAISON.
INFORMEZ LE HAUT COMMANDEMENT DE CE RETENTISSANT SUCCÈS.
D'ICI À CE QUE NOUS SOYONS RENTRÉS, J'AURAI TROUVÉ UN MOYEN POUR QUE CELA SOIT LA VÉRITÉ.
BIEN, MONSIEUR.

BDOOP
ENTREZ.
BONSOIR, COMMANDANT.
NOUS VENONS DE RECEVOIR UN MESSAGE CRYPTÉ DU HAUT COMMANDEMENT.
J'ÉCOUTE.
"L'EMPEREUR EST TRÈS SATISFAIT DE CE SUCCÈS."
"LE SEIGNEUR VADOR EN PERSONNE VIENDRA PRENDRE POSSESSION DE L'ESPION CAPTURÉ."
"VEUILLEZ PRÉPARER LE VAISSEAU POUR SON ARRIVÉE."

Des années auparavant.
KKKAH
VOUS AVIEZ TOUS...
... ÉTÉ PRÉVENUS.
JE VOUS AVAIS DIT CE QUI ARRIVE-RAIT...
... SI VOUS DÉCEVIEZ L'EMPEREUR.
KATHMMP

P-P-PARDONNEZ-MOI, SEIGNEUR VADOR !
JE... JE... JE...
L'ÉCHEC N'EST PAS TOLÉRÉ, LIEUTENANT TYLUX.
SOYEZ MEILLEUR QU'EUX.
B-BIEN, SEIGNEUR.
"COMMANDANT ?"
COMMAN-DANT... ALLEZ-VOUS BIEN ?
SI VOUS N'AVEZ RIEN À AJOUTER... JE VAIS ME RETIRER.

TOUT LE MONDE À SON POSTE !
JE VEUX QUE LES CHASSEURS SOIENT AMARRÉS ET LES HANGARS BOUCLÉS !
PRÉPAREZ UN SAUT EN HYPERESPACE.
ET QUE ÇA SAUTE !
MAIS... NOUS AVONS ORDRE DE RESTER AVEC LA FLOTTE.
LES ORDRES ONT CHANGÉ. NOUS POURSUIVONS L'ESPION.
MAIS... SAIT-ON OÙ IL EST ?
NON, MAIS NOUS AVONS DES CARTES STELLAIRES ET NOUS SAVONS COMMENT CES ORDURES DE REBELLES PENSENT.
ALORS, JE VEUX UNE LISTE DES MEILLEURES HYPOTHÈSES.
DESTROYER STELLAIRE BELLICOSE, AU RAPPORT.
COMMANDANT TYLUX !
OÙ CROYEZ-VOUS ALLER...

LÀ ! VOILÀ.
C'EST L'ENDROIT PARFAIT POUR SE TERRER.
CETTE ORDURE DE REBELLE NE S'ATTEND PAS À CE QUE NOUS L'Y SUIVIONS.
IL Y A UNE BONNE RAISON À CELA, MONSIEUR.
NOUS SOMMES TROP GROS.
UN DESTROYER STELLAIRE NE SURVIVRA JAMAIS AU BOMBARDEMENT INCESSANT D'UN CHAMP D'ASTÉROÏDES.
IL SURVIVRA À N'IMPORTE QUOI DURANT DEUX MINUTES.
NOUS N'ALLONS PAS LE TRAVERSER. RENFORCEZ LES BOUCLIERS ET LAISSEZ-MOI...
THUMP
THUMP
LÀ !
IL EST LÀ !

NON, MAIS... J'HALLUCINE !
XO ! UN DESTROYER STELLAIRE !
JE LE VOIS, CAPITAINE.
ÇA, JE M'EN DOUTE.
FAIS REDÉMARRER CE TAS DE BOULONS OÙ ON EST MORTS !
BÊTA 3, IMMOBILISEZ CE VAISSEAU. NE LE DÉTRUISEZ PAS ! JE LE VEUX VIVANT !
NOUS FERONS ATTENTION, COMMANDANT.
LES GARS, VISEZ LES MOTEURS.
NOUS SOMMES TOUCHÉS.
GAH ! ALLEZ, MON VIEUX, ME LAISSE PAS TOMBER !
PEW!
BOOM
PEW!
ON LE TIENT !
ESSAIE ENCORE DE T'ENFUIR, VERMINE.
BIEN JOUÉ, COMMANDANT.

BON SANG !
ILS NOUS PRENNENT EN TENAILLE !
IL NE SAIT PLUS OÙ IL VA, CAPITAINE !
NE LE LÂCHEZ PAS !
IL FAUT QU'ON ATTEIGNE CETTE PLANÈTE !
C'EST UNE MAUVAISE IDÉE, CAPITAINE. LA TEMPÊTE DE SABLE...
MAIS ÇA RESTE UNE IDÉE...
... ET CE N'EST PAS COMME SI ON AVAIT DE BONNES OPTIONS.

IL EST COINCÉ SUR LA PLANÈTE, CAPITAINE.
IL EST FAIT.
JE LE VEUX MENOTTÉ, PAS SUR UNE PLANÈTE !
CHEF ?
DESCENDEZ LE CHERCHER !
LA PLANÈTE ENTIÈRE EST BALAYÉE PAR UNE TEMPÊTE DE SABLE DE NIVEAU 12. NOS CHASSEURS NE SURVIVRONT PAS DEDANS.
COMME UN DESTROYER DANS UN CHAMP D'ASTÉROÏDES, HEIN ?
LE SABLE VA BROUILLER LES CAPTEURS ET FAIRE SURCHAUFFER LES MOTEURS.
QU'ILS OBÉISSENT À MES ORDRES ! PAS DE DISCUSSION !
"POURQUOI RISQUER DE TOUT PERDRE ALORS QU'IL NOUS SUFFIT DE L'ATTENDRE ?"
PARCE QUE NOUS N'AVONS PAS LE TEMPS !
LE SEIGNEUR VADOR EST EN ROUTE POUR VENIR CHERCHER LE REBELLE !
"NOUS NE DEVONS PAS LE DÉCEVOIR !"

ICI LE COMMANDANT TYLUX !
UN CRIMINEL DE GUERRE S'EST CACHÉ DANS LA TEMPÊTE DE SABLE.
ON ME DIT QUE CE SONT DES CONDITIONS DIFFICILES POUR NOS CHASSEURS, ALORS NOUS ALLONS AGIR EN ÉQUIPE.
QUE TOUS LES CHASSEURS À DISPOSITION...
IL N'EST PAS SÉRIEUX !
OUAIS, C'EST UNE BLAGUE !
C'EST PLUTÔT UNE CONDAMNATION À MORT.
... DESCENDENT SUR CETTE PLANÈTE...
... IMMÉDIATEMENT !
ESSAIE D'ÉCHAPPER À ÇA, VERMINE.
ÇA ME SEMBLE EXCESSIVEMENT RISQUÉ, COMMANDANT.

"NOUS POURRIONS PERDRE TOUTE L'ESCADRE."
C'EST N'IMPORTE QUOI !
J'Y VOIS RIEN !
TIE EN APPROCHE, CAPITAINE !
ILS SONT DES DI-ZAINES.
IL FAUT QU'ON RESTE EN MOUVE-MENT !
LES MOTEURS SURCHAUFFENT !
TANT MIEUX. SI C'EST CHAUD POUR NOUS...
... C'EST L'ENFER POUR EUX.
ESCADRON BÊTA, À VOUS.
IL SORT DE L'ATMOSPHÈRE.
ALLEZ, PUISQUE VOUS VOULEZ ME POURSUIVRE...

... ALLEZ-Y À FOND.
IL S'EST ARRÊTÉ NET !
ESCADRON BÊTA ! MANŒUVRE D'ÉVITEMENT !
ÉPARPILLEZ-VOUS VITE !
ON FAIT DES CIBLES FACILES !
TWOOM
TWOOM
TWOOM
IL LES A TOUS DESCENDUS, COMMANDANT. C'ÉTAIENT NOS DERNIERS...
POURSUIVEZ-LE !
MAIS AVEC QUOI, MONSIEUR ? NOUS N'AVONS PLUS DE CHASSEUR.
AVEC LE VAISSEAU GÉANT DANS LEQUEL ON EST !
IL S'ENFUIT !
"MAIS VOUS AVIEZ DIT... QUE NOUS NE TRAVERSERIONS PAS LE CHAMP D'ASTÉROÏDES !"
"JE ME MOQUE DE CE QUE J'AI DIT !"

FORME DE VIE MASSIVE DROIT DEVANT.
OH, BEN TIENS !
ENFIN UN PEU DE CHANCE.
"IL FONCE DROIT DANS LA GUEULE DE CETTE CRÉATURE, COMMANDANT. QUE DEVONS-NOUS..."
SUIVEZ...
... LE !
LE SUIVRE ?! LÀ-DEDANS ?
MAIS C'EST ÉNORME !

"MAIS NOUS SOMMES PLUS GROS !"

EH BEN, ON NE VOIT PAS ÇA TOUS LES JOURS.
C'EST UNE CERTITUDE.
NE LE LÂCHEZ PAS !
MAIS QU'EST-CE QUE VOUS RACON-TEZ ?! C'EST DE LA FOLIE !
JE M'EN MOQUE ! NE LE LAISSEZ PAS S'ÉCHAPPER !
OÙ IRAIT-IL ? NOUS SOMMES DANS UNE LIMACE GÉANTE !
REGARDEZ ! IL TIRE SUR LA BÊTE !
IL NE PENSAIT PAS QU'ON LE SUIVRAIT.
ÉVIDEM-MENT QUE NON.
"ALORS, IL EST OBLIGÉ DE SE FRAYER UN PASSAGE.
"RESTEZ AVEC LUI. OÙ QU'IL AILLE..."

... NOUS LE SUIVRONS.
OUAH !
CE GARS PILOTE SON VAISSEAU COMME S'IL L'AVAIT VOLÉ.
EN EFFET.
OUI ! TU ES À MOI, SALE REBELLE !
ACTIVEZ LE RAYON TRACTEUR !
AMENEZ-LE-MOI !
J'AI DIT, AMENEZ-LE-MOI !
JE... J'ESSAIE, COMMANDANT.
MAIS LE RAYON TRACTEUR NE RÉPOND PAS.
NOUS DÉTECTONS DES SURTENSIONS DANS TOUT LE VAISSEAU. JE NE PEUX RIEN FAIRE.
DES SURTENSIONS ?! POURQUOI ?

"DES MYNOCKS RAVAGENT LA COQUE, MONSIEUR.
"IL Y EN A PARTOUT !"
NON...
IL SEMBLE QUE LA LIMACE GÉANTE AIT ÉTÉ UN PIÈGE.
BOUCLIERS À PLEINE PUISSANCE.
LES BOUCLIERS NE RÉPONDENT PLUS NON PLUS.
ET CINQ VAISSEAUX REBELLES VIENNENT DE SORTIR D'HYPERESPACE !
QUE FAIT-ON ?!

ABANDONNEZ LE NAVIRE.
CHOOM
CHOOM
CHOOM

Plus tard.
tnk tnk
tnk tnk tnk tnk
tnk tnk
L'ÉCHEC...
tnk tnk tnk
tnk tnk
... N'EST PAS...
BWOM
... TOLÉRÉ.
Fin

STAR WARS

Scénariste KIERON GILLEN
Dessinateur ANGEL UNZUETA
Coloriste GURU-eFX

DOCTEUR APHRA

Scénariste SI SPURRIER
Dessinateur EMILIO LAISO
Coloriste RACHELLE ROSENBERG
Remerciements spéciaux KIERON GILLEN

DARK VADOR

Scénariste DENNIS HALLUM
Dessinateur BRIAN LEVEL
Coloriste JORDAN BOYD

Traducteurs THOMAS DAVIER
MAKMA/MATHIEU AUVERDIN
Lettreur CHRISTOPHE SEMAL

Rédaction Marvel USA TOM GRONEMAN
MARK PANICCIA
C.B. CEBULSKI
JOE QUESADA
DAN BUCKLEY
ALAN FINE

Rédaction Lucasfilm ROBERT SIMPSON
JENNIFER HEDDLE
MICHAEL SIGLAIN
BEATRICE KILAT
PHIL SZOSTAK

Équipe de narration Lucasfilm JAMES WAUGH
LELAND CHEE
MATT MARTIN

TRANSMISSION REBELLE par Aurélien Vives

FINS & DÉBUTS

Comme nous l'évoquions dans la précédente rubrique *Transmission Rebelle*, nous nous rapprochons d'un point de bascule crucial dans la franchise *Star Wars* en comics. En décembre dernier, tous les titres réguliers se sont arrêtés aux États-Unis après un ultime one-shot, *Star Wars: Empire Ascendant*, pour laisser la place à un relaunch des séries. Désormais, les intrigues ne seront plus situées entre *Star Wars : Un nouvel espoir* et *L'Empire contre-attaque* mais après les événements du film d'**Irvin Kershner**. Faisons le point sur les informations à notre disposition… Le scénario d'*Empire Ascendant* est signé **Charles Soule** (*L'ascension de Kylo Ren*), **Greg Pak** (*Star Wars*), **Si Spurrier** (*Docteur Aphra*) et **Ethan Sacks** (*Star Wars : Allégeance*), tandis que la partie graphique est entre les mains de **Luke Ross** (*Dark Maul*), **Roland Boschi** (*Star Wars: Beckett*), **Paolo Villanelli** (*Lando - Quitte ou double*) et **Caspar Wijngaard** (*Docteur Aphra*). Nous avions déjà parlé des nouvelles séries *Star Wars* (par Charles Soule et **Jesus Saiz**) et *Dark Vador* (par Greg Pak et **Raffaele Ienco**), mais un troisième titre régulier s'est rajouté entre-temps avec un nouveau volet des aventures de **Chelli Aphra** ! La série *Docteur Aphra* (2020) sera écrite par **Alyssa Wong** (romancière titulaire des prix Nebula, World Fantasy et Locust, trois des plus prestigieuses distinctions dans le domaine de la littérature fantastique) et illustrée par l'artiste italienne **Marika Cresta** (*X-Men: The Wedding Special*). Nous n'en dirons pas plus sur la période des aventures de la série pour conserver un maximum de mystère sur la survie d'Aphra…

LE FUTUR FRANÇAIS

Revenons à présent au futur proche et à ce qui vous attend dans les prochains mois en France. Le mois de mars verra la sortie de deux albums librairie : le dernier volume des "ères de *Star Wars*" avec les vilains de *L'Ère de la Résistance* et l'arrivée de *Dark Vador* signés **Kieron Gillen** et **Salvador Larroca** dans la collection *STAR WARS* DELUXE. Après *Kanan*, c'est la deuxième série à être republiée en moins de volumes (trois, en comptant le crossover *Vador : Abattu*) et en grand format. En avril et mai, ce seront les volumes 10 de *Star Wars* (avec *La fuite*) et 5 de *Docteur Aphra* (avec l'arc actuellement publié ici : *Les pires du pire*). Au mois de juin, vous aurez droit à deux mini-séries inédites, *Galaxy's Edge* et *Jedi Fallen Order - Dark Temple* dans la collection 100% *STAR WARS*. Dans votre softcover mensuel, le côté obscur de la Force sera mis à l'honneur car vous retrouverez, aux côtés de vos deux séries régulières, les mini-séries consacrées à **Dark Vador** (*Sombres visions* puis *Cible : Vador*) mais aussi *L'ascension de Kylo Ren*, le titre événement de Charles Soule et **Will Sliney** qui nous permet de découvrir les Chevaliers de Ren et la relation qu'entretiennent **Luke Skywalker** et **Ben Solo** avant que ce dernier ne bascule du côté obscur… Avec toutes ces séries, le sommaire de *STAR WARS* est complet jusqu'à l'automne !